JN221958

枝垂れ桜と瑠璃(るり)の空

工藤伸一

Shinichi Kudoh

風詠社

もくじ

装幀　工藤 穂高

海の中の道

（一）

慎平（しんぺい）の通う高校は、小高い山の上にある。

海岸沿いを国道が走っている。この国道は太平洋を間近に望み実に眺めのいい道だが、いつも渋滞することで有名だ。国道から市道に入り、しばらく進むと《高等学校入口》の看板が見えてくる。ここから急な坂道を上っていくと、高校の正門に着く。この坂道は崖沿いの道で、途中で落石による事故防止のためにトンネルのようになったところを通過していく。

正門の北側には、南西に向いた小さな展望台がある。展望台といっても、階段を三段上がった踊り場に、七、八人も上がればいっぱいになりそうなスペースが作られているだけの、ごく簡素なものだ。眼下には大きな寺の屋根が見え、その先はすぐに海だ。このあたりは遠浅の砂浜が広がっていて、夏には海水浴場になり多くの人でにぎわう。

この展望台からは、海に沈む夕陽を望むことができる。特に秋の夕陽はひときわ美しく、辺りが真っ赤に染まるほどだ。

　校舎の東側と北側には森が広がっていて、すぐに隣の市との境になっている。森にはリスが生息しており、カサコソ、カサコソと音を立てながら木の間を動き回っている。観光客はリスを見て喜ぶが、生徒たちにとってリスは見慣れた存在だ。困った存在なのが上空を舞うトンビ。食べ物を見つけると、一直線に舞い降りて襲いかかってくる。時々、歩きながらパンを食べていた子どもがトンビに襲われてパンを奪われ、手にも大きなけがを負ったというような話を聞くことがある。


　十月になり、なまあたたかかった夏の風は、湿気の少ないさわやかな秋の風に入れ替わった。落ち葉の数が急に増えてきて、時折吹く風に一斉に舞い上がっている。夏の間にぎわっていた海水浴場も今は落ち着いた静けさを取り戻していた。

　今日は土曜日、慎平は部活動が終わり家に帰るところだった。友だち数人と正門のところまで来たが、教室に忘れ物をしたことを思い出した慎平は、一人で教室まで戻って忘れ物を取り、先に行った友だちに追いつこうと少し急いで正門のところに来た。

　その時だ。カサコソ、カサコソと何かが草むらの中で動く音が聞こえた。なんだ、リスかと思いそのまま行こうとしたが、この時はなぜかその音が気になって音のする方に近づいて行った。音を立てているものは見えなかったが、カサコソという音は北のほうにある展望台に向かって動いているようだった。

慎平はその音に導かれるように北側に歩いて行った。

展望台には一人の少女がいて、手すりに手を置きじっと海のほうを見つめていた。秋の風が肩より少し長い少女の髪をやさしく揺らしていた。

少女は慎平が近づいてくる気配を感じたのか、海を見つめていた視線を慎平のほうに移した。

そこにいたのはテニス部のキャプテン、杉田瑞穂(みずほ)だった。

「竹内君!」

瑞穂のほうから慎平に声をかけてきた。慎平はその声にすいよせられるように展望台に行き、段を上がって瑞穂と並んで立った。

瑞穂は少し安心したような表情で言った。

「竹内君、来てくれてありがとう。待っていたの。」

「えっ!」

慎平は驚いて思わず声を上げてしまった。

杉田さんと、今日、この時間に、この場所で待ち合わせをした覚えはない。もしかしたら待ち合わせではなく、僕が来るのを待っていてくれていたのか? そんなありえない期待が慎平の胸をよぎった。

「ごめんね、驚いたでしょう。でもどうしても竹内君の力が借りたかったの。お願いしてもいいかな?」

瑞穂は小さな声でそう言った。

瑞穂の表情は複雑だった。何か不安そうで、頼りなげで、いまにも泣き出してしまいそうに見えた。それでいて、自分が何とかしなければいけないというような決意が口もとに感じられた。

「お願いするって、何を?」

慎平がたずねた。

「ごめんなさい、今はまだ言えないの。実はわたしにもよくわからないの。でも、どうしても助けてあげたくて。」

瑞穂は懇願するようにそう言った。瑞穂の瞳から涙が一つぶこぼれ落ちた。

杉田瑞穂。彼女は中学二年生の時に別の中学校から、慎平たちの通う中学校に転校してきた。中学生の時は同じ組で何度か話したことはあったが、特別親しかったというわけではない。たまたま同じ高校に進学したが、高校では別の組になり二年生になった今もことばを交わすことはほとんどなかった。

慎平にとって、瑞穂はかなりハードルの高い存在だった。彼女はとてもかわいくて、男子のあこがれの的だ。テニス部でもキャプテンとして活躍しているし、運動神経は抜群、しかも運動だけではなく成績も優秀だった。ほかの男子が瑞穂の話をしていることが時々あるが、慎平はいつも自分とは関係のないことというように聞き流していた。

慎平にとっては瑞穂とこのように二人きりで向かい合って話していること自体、奇跡的なことだ。瑞穂の言っていることは何がどうなっているのかよくわからなかったが、内容はともかく瑞穂に何かを頼まれて断る理由など一つもない。

慎平は決心して、瑞穂をしっかりと見つめながら言った。

「うん、わかった。どうすればいい?」

瑞穂の表情が少し和らいだ。

「明日の日曜日、朝の七時にここに来てくれる?」

「七時に、ここに来ればいいんだね。」

慎平は確認するようにたずねた。

「早い時間だけど、大丈夫かな?」

瑞穂は申しわけなさそうに言った。

「うん、必ず来る。」

「ありがとう。」

瑞穂はやっと安心したように大きくうなずいた。

＊＊＊

日曜日の朝、慎平は待ち合わせの時間より三十分も前に展望台に着いていた。

よく晴れた朝だった。秋の空はどこまでも高く、深い青紫の色をたたえていた。木々の間を通り抜けた朝の光は、あたりに金色の宝石をまき散らしていた。

瑞穂は五分前になって坂を上がってきた。急いで来たのかすこし息をきらせていた。

「竹内君、おはよう。待った？」

「おはよう。僕も今来たばっかりだよ。」

「よかった。実はね、昨日はあんな言い方しかできなかったでしょう。だから竹内君が来てくれるかどうかとても心配だったの。でも来てくれて本当によかった。じゃあ行きましょう。」

瑞穂はそう言って先に歩きだした。

行きましょうって、どこへ？

昨日会った時にお願いがあると言っておきながら、それが何なのかは今はまだ言えないと言っていた瑞穂。慎平はとにかく瑞穂について行くしかないと思い、何も聞かずに歩いて行った。

歩きながら瑞穂が言った。

「竹内君、一つお願いがあるんだけれど。今日だけでいいから、わたしのこと《みずほ》って呼んでくれる？　わたしも竹内君のこと、《しんぺいくん》って呼んでいいかな？」

「えっ、あっ、うん、もちろんいいよ。」

慎平はしどろもどろに答えた。

瑞穂の提案は慎平にとってはもちろん願ってもないことだった。でも、今日だけって、どういうこと？

坂道を下りたところで瑞穂は左側に行く道をじっと見つめた。ここを左にしばらく行くと百メートルほどのトンネルがあり、その向こうはもう隣の市になる。

このトンネルはとても道幅が狭くて、車がやっと一台通れるくらいの幅しかない。海側にはもう一本広いトンネルがあって、普通の車はそちらの道を通っていく。この狭いトンネルは主に歩行者や自転車、オートバイを利用する人たちが通るトンネルだ。

坂道を降りたところを右に行けば、すぐに駅に行くバス停がある。駅までは歩いても二十分ほどなのでバスを使わずに歩く生徒も多い。

慎平もふだんこのトンネルを通ることはほとんどなかった。以前このトンネルを通って隣の市に行ったことがあったが、たしかその向こう側はなだらかな斜面になっていて階段状に新しい住宅が建っていたと思う。

二人はトンネルの前に来た。その奥には、向こう側の出口が小さく光って見える。

瑞穂は緊張した表情でトンネルの中を見つめた。それから大きくうなずいて、決心したように言った。

「行きましょう。」

二人はトンネルの中を通って向こう側に出た。


「えっ！」

トンネルをぬけたところで、慎平は思わず声を上げてしまった。

前に来た時に見た住宅が一つもない。トンネルの先は細い土の道になっていてあたりは草はらが広がり、斜面にへばりつくようにところどころに小さな畑が作られていた。

あたりは薄暗い感じだった。それは明け方の薄暗さではなく、夕方の薄暗さ、もうすぐ日が暮れて夜になる薄暗さだった。

「瑞穂、ここは……」

慎平は瑞穂のほうを見て言った。

「そうか、やっぱりずれてるんだわ。」

「ずれてるって？」

慎平は何が起こっているのか理解できなかった。

「時間がずれてるの。わたしたちは朝の七時に待ち合わせたでしょう。でも、トンネルを抜けるともう夕方になってる。それにずれてるのは、多分時間だけじゃない……」

「時間だけじゃないって？」

慎平が聞き返すと、瑞穂は少し緊張した面持ちで言った。

「時間だけじゃなくて、時代もずれてる。たぶん江戸時代だと思う。」

「江戸時代？」

たしかに、周囲には家など一軒もなく、舗装された道もない。すごい田舎に来たなという感じだったが、まさか江戸時代に来ているとは。

しばらく歩いて行くと道の左側に小さな小屋が見えた。

瑞穂は小さな声で慎平にささやきかけた。

「慎平君、あの小屋の中に人が二人いると思う。あの人たちが助けを求めているの。あの人たちの声が聞こえたような気がするの。」

（二）

藤吉（とうきち）は母と二人で宿場へ通じる道を歩いていた。

この先の宿場からしばらく歩いたところに、この地方では有名な和賀之宮神社（わかのみやじんじゃ）という古社がある。この神社の最大の御利益は何と言っても無病息災（むびょうそくさい）・病気平癒（びょうきへいゆ）。医や薬にまつわる神様をまつっており、この神社にお参りすればどんな病（やまい）も治るといわれ、多くの人々の信仰を集めている。

人々はいつしかこの神社を「無病神社」と呼ぶようになり、正式な名称である「和賀之宮神社」と呼ばれることはほとんどなくなってしまった。

街道のわきに「一の鳥居」があり、ここからうっそうとした杉林の中の道を緩やかにのぼっていく。次の鳥居をくぐると、目の前に五十段ほどの急な石段が見えてくる。本殿はこの石段の上にあるのだが、石段を一段一段上るごとに、日々の生活の中でまとわりついたけがれがはらわれ、人間が本来もっている清らかな心を取り戻すことができるのだと信じられている。

藤吉は今年で十六歳になったが、小さなころから胸をわずらっていた。時々大きな発作があり、激しく咳込む。胸の奥でゴーゴーと音が鳴り息をするのも苦しくなる。

町の医者は藤吉の胸をみて言った。

「この胸の病は大変重い。あと何年生きられるか？　とにかくこの薬を飲み、ゆっくり養生することです。」

藤吉の母のゆきは、医者のことばを聞いて悲しみのあまり泣き崩れた。

医者から処方された薬は毎日欠かさず飲んだが、症状が改善する様子は一向に見られず、かえって発作の回数は多くなっているようだった。

そんな折、親戚の者から無病神社の話が持ち込まれた。ゆきはわらにもすがるような思いで、藤吉を連れて無病神社にお参りすることに決めたのである。

藤吉は同じ年齢の子どもと比べて体が小さく、走ったり跳んだりするとすぐに息が切れた。まわりの子どもたちは、そんな藤吉をからかいの対象にした。鬼ごっこをすれば、いつも藤吉を鬼にして誰もつかまらないようにする。どこかに行こうという時には、みんなで突然かけ出して藤吉だけ置き去りにしてしまう。まわりの子どもたちは、藤吉がはぁはぁいって苦しそうにしているのを楽しそうに見ていた。

藤吉はしだいに外で遊ぶことが少なくなった。家の庭に咲いている小さな草花に目を止めるようになり、時々やって来るちょうや虫たちをやさしく見つめるようになった。

もうすこしで宿場につくというところに来て、藤吉の胸はまた激しく痛み出し、咳が止まらなくなった。ゆきは藤吉を木かげにすわらせ、背中をさすって介抱した。

そこへ一人の少女を連れた女の人が通りかかった。女の人は藤吉の様子を見ると、少女をすぐ近くの木のところに連れて行き、

「すず、ちょっとここで待っていてね。」と言い、少女の手を木に触れさせた。それから藤吉とゆきのもとに行き、「大丈夫ですか?」と声をかけた。

ゆきは藤吉の背中をさすりながら言った。

「すみません。また咳が激しくなってしまって。少し水を含めば楽になるのですが、水筒の水もきらしてしまいました。」

「それならわたしの水筒の水を使ってください。」

女の人はそう言うと、自分の竹の水筒の水をゆきの持っていた水筒に分け与えた。

藤吉は少し水を口に含むと、しだいに咳もしずまり落ち着きを取り戻した。そして水を分けてくれた女の人に、ありがとうというように小さく会釈をした。

女の人は咳がおさまった藤吉の様子を見て安堵の表情を浮かべ、ほほ笑みながらうなずき返した。そして木のところに待たせていた娘のもとに歩み寄った。少女は母親が戻ってきたことがわかると、手探りで母親の着物の袖に触り、それから母親の手をしっかりと握った。

少女の名はすずと言う。

すずは今年十四になった。すずの母の名は、みさ。

ゆきは、水を分けてくれたみさに語りかけた。

「ありがとうございます。お水をいただいて息子もだいぶ楽になりました。わたしたちは今夜はこの先の宿場に泊まって、あした無病神社にお参りするつもりです。この子はもう長いこと胸をわずらっておりまして、医者からはせんじ薬をいただいていますが、薬を飲んでも一向によくなる様子は見られません。一日も早くこの子の病を治してあげたいと思い、ここまでやってまいりました。」

それを聞くと、みさは娘の手を両手で包み込むようにやさしくなでながら言った。

「そうですか。実はわたしたちも、あした無病神社に行こうと思っています。娘は小さい時から目が見えませんが、毎日元気に過ごしています。そのことを神様に感謝し、これからも笑顔で過ごせますように娘を見守ってくださいとお願いしようと思っています。」

ゆきはみさの話を聞いて大きくうなずいた。目が見えないというすずは背中をしっかりとのばして、じっと前を見ているように立っていた。

ゆきは慣れない旅で心は落ち着かず、ずっと不安だった。時々藤吉が見せる苦しそうな表情を見ては、こんなところまで藤吉を連れて来てよかったのか、神社にお参りすれば本当に藤吉の病は快方に向かうのか、心は揺れ動いていた。そんな時、みさという女の人に助けられた。

ゆきには、目の見えない娘を連れているのに困っている人に声をかけ落ち着いて親切に対応していたみさの姿がとても頼もしく感じられた。それでゆきはみさに話しかけた。

「あなた方も無病神社に行かれるのですね。それではもしよかったら宿場までご一緒させていただけませんか？　何かと心細いこともありますので。」

「はい、けっこうですよ。それでは一緒に行きましょう。」

みさは明るい声でそう答えた。こうして二人の子どもと二人の母親は連れ立ってゆっくりと宿場への道を歩き始めた。ゆきもみさも、同じ思いで無病神社に行く人に出会えたことで、何かとても心強いものを感じていた。

この母親たちの話を、少し離れた木の陰でそっと身をひそめるようにして聞いていた男がいた。男は四人がゆっくりと歩きだすのを見ると、自分は急いで宿場のほうにかけていった。
《早速親分に報告だ。こんなに早く人助けができるとは驚いた。あの子どもたちの出番だ。全くうちの親分は頭がいい。》
にたにた気味悪く笑う男の顔は、傾きかけた午後の光に照らされて赤黒く異様に光っていた。

＊
＊
＊

藤吉はまだ歩くのがつらそうで、母に支えられながら足を引きずるようにしてやっと歩いている感じだった。それとは対照的に、すずの足取りはしっかりとしていた。目が見えないというのに背中をすっと伸ばし、前をしっかりと見据えるように一歩一歩慎重に歩いていた。四人が宿場の近くまで来たとき、前のほうから杖を突き白いひげをのばした老人が歩いてきた。白い装束に袴をまとったその姿は、どこかの神社の神職のように見えた。

老人は四人の前に来ると、低い声で言った。

「そこの人、しばらくお待ちなさい。あなた方は無病神社にお参りに来たのではあるまいか？」

藤吉の背中を抱くようにして歩いていたゆきは、驚いて言った。

「はい、さようでございます。でも、どうしてそれがおわかりになったのですか？」

老人は、さらに低く威厳のある声で言った。

「わたしは神に仕えるもの、何でもわかっている。そちらの男の子は、胸を患って苦しんでいるのではないか？　医者からもらった薬を欠かさず飲んでも、一向によくはならない。一日も早く息子の病を治してやりたいと思い、無病神社に来たのではないか？」

「まあ、どうしてそのようなことまでおわかりになるのですか？」

ゆきは、驚きの声を上げた。

「母として、子の病を一日も早く治してやりたいと願うのはもっともなことだ。そなたの願いはきっと神様に通じる。

そして、そちらの娘は目が見えなくて苦しんでいるのであろう。目が見えなくても毎日元気で過ごせていることに感謝しているというのだな。それはとてもよい心がけじゃ。だがこの先ずっと目が見えないのでは苦労も多かろう。」

このことばを聞いて、みさは一瞬体を震わせたが何も言おうとはしなかった。母の手を握っていたすずは、恐怖におびえるように母の手を強く握りしめた。

ゆきはさらに興奮して、「神主様はどうしてそのようなことまでおわかりになるのですか？」と尋ねた。

老人は今度はやさしくいたわるように語りかけた。

「わたしには、何でもわかっている。安心しなさい。神様はお前たちを救うためにわたしをつかわされた。医者から何と言われようとも、お前たちの子どもの病は必ず治る。わたしについてきなさい。」

老人はそう言うと、杖で街道からわきに入る細い道を指し示した。

ゆきは神主らしい老人が何でも知っていることに驚き、まるで杖の魔法にかかったように何の疑いもなく老人の後について行った。すずの手を引いていたみさは、見知らぬ老人についていて行くことにためらいを感じたが、ゆきたちだけを行かせるわけにもいかず一緒について行った。

細い道を入ると、その先に小さなおやしろがあった。老人はおやしろを指さして、

「これからこのおやしろの中で、ありがたいおはらいをする。子どもは外で待っていなさい。中に入れるのは母親だけじゃ。」

老人はそう言うと、母親だけを連れておやしろの中に入ろうとした、ところがすずは母親の手をしっかりとつかんで離そうとしなかった。老人は仕方がないと思ったのか、すずだけはおやしろの中に入ることを許した。一人だけおやしろの外に取り残された藤吉は、まだ苦しそうに咳をしながら不安そうな面持ちでおやしろの中に入っていく人たちを見つめていた。

おやしろの中には異様な煙がただよっており、何か体にまとわりつくような、甘ったるいにおいが充満していた。みさは言い知れぬ不安に襲われた。

奥のほうには小さな段があって、二人の子どもが座っている。一人はごほんごほんと苦しそうな咳をし、体を折り曲げてうつ伏していた。もう一人はしっかりと顔を上げていたが、目をかたく閉じてじっと何かを冥想しているようだった。

老人が威厳のある低い声で言った。

「母親たちよ、この二人の子どもを見よ。この子どもたちは今まで大変つらい思いをして生きてきた。この子どもたちの母親も、子どもたちと同じくらいつらい思いをして生きてきた。そして無病神社に願いをかけることにしたのじゃ。まず母親たちが和賀之島（わかのしま）という島のおや

しろでおはらいをうける。そのあとで、子どもと一緒に無病神社にお参りをし、病気平癒を祈る。そしてわたしがこのおやしろで、子どもたちにありがたいおはらいをする。こうすればすべての病は快方に向かい、すべての痛みはたちどころに消えていく。

今日、この子どもたちはわたしのおはらいによっていよいよ願いが成就される日を迎えた。お前たちも、この成就の時に立ち会わせよう。しっかりと見ておくがよい。」

ゆきはありがたい説法を聞くように、老人のことば一つ一つに大きくうなずいていた。

「まず、そこの男の子じゃ。この子は小さなころからずっと胸をわずらい、時として息ができないほどの苦しみをあじわっている。医者からもらった薬を飲んでいるが少しもよくならない。病も重くなり、今は声を出すこともままならない。」

老人がそこまで言うと、ゆきは大きな声を上げた。

「神主様、うちの息子も全く同じ病でございます。いまでは話をするのもつらい時がございます。この病は治るのですか？」

「必ず治る。よく見ておれ。」

老人は咳をしている子どもの前に行き、何か呪文のようなことばをとなえだした。その呪文に合わせるかのように、うつぶせでほとんど顔を上げることができなかった子どもが、しだいに顔を上げだした。

老人が、「えいっ！」と力強い声をかけて子どもの肩をたたくと、子どもはぴょんと立ち上がった。それから大きく深呼吸をして何度か飛び上がると、はっきりとした声で、「苦しくないぞ、苦しくないぞ。ありがとうございます、ありがとうございます。」と言いながら老人のまわりを三回まわって奥の部屋に入っていった。

ゆきは感動のあまり涙を流しながら老人に言った。

「神主様、わたしの息子もあの子のように元気になれるのでしょうか?」

「もちろんじゃ、必ず治る。」

老人はきっぱりと言った。

「奇跡は……、奇跡は起こるのですね。」

ゆきは感動のあまり床に泣き伏した。


老人はまたいかめしい調子で話しだした。

「もう一人の子どもは生まれた時から目が見えない。この子も、もうすぐ目が見えるようになる。」

みさは老人の言葉を聞いても表情を変えなかった。

老人は目を閉じている子どもの前に行き、先ほどと同じ呪文をとなえだした。そして子どもの目の前に右手をおき、「たぁーーー」と長い声を発した。子どもは老人の声に合わせるように少しずつ目を開いていった。

そして完全に目を開くと、「よく見えるぞ、よく見えるぞ。ありがとうございます、ありがとうございます。」と言いながら、老人のまわりを三回くるくる回って奥に入っていった。

「どうじゃ、見たか。」

老人はみさに向かって鋭い目つきで言った。

老人に睨まれながらも、みさはしっかりとした声でたずねた。

「あの子は、本当に今まで目が見えなかったのですか？」

「なんだと！」

老人は怒りの声を上げた。

「今まで見えなかった目が、あのようにすぐに見えるようになるとはとても思えないのですが……」

「おまえは神のなせるわざを信じないというのか？　けしからん。おまえは神を冒涜する気か？」

老人の激しい怒りの言葉を聞いて、慌てたのはゆきである。

「神主様、申し訳ありません、この人はまだ信心が足りないのでございます。わたしがあとでよく言っておきますので、どうかお怒りをお鎮めください。」

ゆきはもう老人のおはらいを信じきっていた。早く息子の病を治してあげたい一心だった。

「神主様、神主様のおはらいがたいへんありがたいものであることはよくわかりました。うちの息子もあの子と同じように早く病を治してあげたいと思います。どうすればいいのですか?」

「まず子どもの病をなおすには母親たちのおはらいが必要じゃ。そのおはらいをするのは和賀之島という島のおやしろじゃ。わたしが和賀之島のおやしろまで案内しよう。日が暮れたら、子どもを宿においておいて母親だけでこのおやしろに来るのじゃ。よいか。」

「まあ、さっそく今晩連れて行ってくださるのですか? 神主様、ありがとうございます、ありがとうございます。」

ゆきは涙まじりに感謝の言葉を述べた。

「それから……」

老人は口もとで人差し指を立て声をひそめて言った。

「和賀之島に行くことは決して他人に言ってはならない。子どもたちにも話してはならぬぞ。他人に言ってしまうと、もうどんなにおはらいをしても子どもの病は治らなくなってしまう。よいか。」

ゆきはすぐに答えた。

「わかりました、他人には決して話しません。日が暮れたらこのおやしろにまたまいりますので、どうかよろしくお願いいたします。」

＊＊＊

おやしろを出て、四人は宿に向かった。

ゆきは先ほどの興奮がまださめやらぬ様子で藤吉に話しかけた。

「藤吉、もうすぐ胸の病は治りますからね。あの立派な神主様が、ありがたいおはらいで病を治してくださるのです。もう苦しむことはなくなるでしょう。今までよくがんばりましたね。」

ゆきは、今度はみさに向かって言った。

「みささん、あなたが神主様に失礼なことを言うから、わたしとても心配したのよ。もし神主様がご機嫌を損ねて、もうおはらいはしないなどと言いだしたらどうするつもり?」

「でもあのおやしろの中で起こったことは、何かおかしいような気がするの。あのようなおまじないで病が治るとは、わたしにはとても思えない。」

「あなたはまだそんなことを言っているの。わたしに任せておけば大丈夫よ。余計なことは言わないでね。」

ゆきは、もうみさの言うことなど聞きたくもないという様子だった。

宿についてからも、ゆきは落ち着きがなくそわそわしていた。一刻も早く神主様の待つおやしろに行き、和賀之島でのおはらいを済ませてしまいたかった。

まだ日の暮れる前だったが、ゆきは出かける用意を整えると息子の藤吉に言った。

「すぐに戻ってくるからここで待っているのですよ。もうすぐ病は治ります。安心して待っていなさい。みささん、早く行きますよ。」

ゆきはみさをせきたてるように言った。みさはどうしてもあのおやしろに行く気にはなれなかったが、ゆきだけを一人で行かせることもできないと思っていた。

「すず、すぐに戻りますからここで待っているのですよ。」

みさはすずにそう言って、急いで出かける支度を整えた。


宿を出るとき、宿の主人がみさに声をかけた。

「おや、これからお二人だけでお出かけですか？　どちらまで行かれるのですか？」

みさが答えようとしたが、それより早く、ゆきがみさと宿の主人との間に割りこんできた。

「いえ、ちょっとそこまで。すぐに戻ります。」

「もうすぐ日が暮れます。このあたりは日が暮れると物騒ですので、早くお戻りになったほうがよいかと思います。」

宿の主人は心配そうに言ったが、ゆきはそんなことには耳も貸さず、どんどん歩いて行った。

ゆきは高ぶった気持ちでみさに話した。

「あの宿の主人はおせっかい者ね。わたしたちが和賀之島に行くことを、みささんが宿の主人に言ってしまうのではないかと心配したわ。他人に言ってしまったら、おはらいをしても病は治らなくなってしまうのですものね。

それにしてもわたしたちは本当に幸運だわ、あんなすばらしい神主様に会えたのですもの。明日には藤吉の病も治っているかもしれない。おじょうさんの目も見えるようになっているわ。本当によかったわね。」

みさは硬い表情のまま、興奮しているゆきに言った。

「ねえ、ゆきさん。わたし何かがおかしいような気がするの。どうしてあの神主様はわたしたちの子どもの病のことを知っていたのかしら?」

ゆきは何の疑いもなく答えた。

「みささんはまだそんなことを言っているの? そこがあの神主様のすごいところなのよ。きっと何でもお見通しなのかもしれない。たいへん大きな魂の力をもっていて、何でもわかるのよ。」

「でも……、何かがおかしいと思うの。和賀之島のおやしろには行かないほうがいいような気がする。」

みさは、えもいわれぬ不安を感じていた。

それを聞くとゆきは怒ったように言った。

「みささんはあの神主様のことをまだ信じないの？　おじょうさんの目が見えるようにならなくてもいいというの？　みささんが行かないのなら、わたしは一人でも行きます！」

ゆきはそう言うとどんどん歩き出した。

「待って、ゆきさん。」

ゆきを一人で行かせるわけにはいかない、みさはそう思って先に行ったゆきを追いかけた。何事もなければいいのだがと、祈るような気持ちだった。

＊＊＊

ゆきとみさがおやしろに行くと、昼間に出会った老人が待っていた。

「よく来た、よく来た。それでは、わたしが和賀之島に案内しよう。ところで、和賀之島に行くことは誰にも話していないだろうな。」

老人はさぐるような目つきで言った。

「はい、もちろんです。誓って誰にも話しておりません。神主様に言われたとおりにいたしました。」

ゆきは尊敬のまなざしで老人を見つめた。

「そうか、それでよい。子どもたちの病ももうすぐ治るぞ。安心してわたしについてきなさい。」

老人はそう言って歩きだした。

歩きだすと老人の足はとても速かった。昼間会った時は少し前かがみで一歩一歩ゆっくり歩いていたが、今は年老いた者の足とは思えないくらいすたすたと歩いていった。ゆきとみさは、息を切らせながら老人について行くのがやっとだった。

もうすっかり日は暮れていたが、今夜は月が明るく光っていた。月あかりがところどころに立っている木の影を作り、その黒い影はまるで今にも襲いかかってくる魔物のように見えた。

海岸に近づいたところで、海の向こうのさほど遠くはなさそうなところに黒々とした島が見えた。

ゆきが息を切らせながら、「神主様、あれがおやしろのある和賀之島ですか？」と尋ねたが、老人はうるさそうな表情を見せただけで何も答えなかった。

海岸には一艘の小さな舟がとめられていて、船頭らしい男が一人乗っていた。

老人は、ゆきとみさに、「はやく舟に乗れ！　ぐずぐずするな！」と命令するように言った。

その口調は今までとは違って、荒々しくとげとげしいものだった。

二人が舟に乗ったのを確認すると、老人は舟を前に押し出しながら自分も舟に飛び乗った。老人が力強く舟を押す様子や軽快に舟に飛び乗った動きを見て、みさはまた異様な恐怖に襲われた。

島まではさほど遠くはなかったが、海岸と島との間の潮の流れはとても速いようで、白い波が小舟を激しく揺らした。

「しっかりつかまっていろ。さもないと海に放り出されるぞ！」

老人は、ゆきとみさを怒鳴りつけた。今まで老人の言うことを何の疑いもなく信じ切っていたゆきも、さすがに恐怖におののき体を小刻みに震わせていた。舟は大きく揺れるたびに、ギシギシ、メリメリと言う悲鳴のような音を立てていた。

舟は何とか島にたどり着いた。船頭の男は縄を取り出し、舟が流されないように舟と岩の角を縄でしっかりと結んだ。

「ぐずぐずするな。とっとと舟からおりろ！」

老人は素早い動作で小舟から飛びおりると、ゆきとみさに怒鳴りつけるように命令した。

ゆきとみさが舟からおりると、老人はにたにた笑いながらゆきとみさを睨みつけた。

「実はこの島には恐ろしい竜が住んでいてな、時々人間を食いに来るんだ。お前さんたちが竜につれていかれないようにしてやるから静かにしていろよ。」

老人は懐から縄を取り出すと、ゆきとみさの手をすばやく縛りあげた。

「何をするのです！」

　みさは鋭く叫んで抵抗したが、男の強い力にはとてもかなわなかった。ゆきは恐怖のあまり泣き声をあげながらその場に倒れこんでしまった。

「うるさい、だまれ！」

　老人は倒れこんだゆきを強引に立たせて怒鳴った。

「さあ、さっさと歩け。おまえたちはもう逃げられないんだ。」

　みさが叫んだ。

「これは何のまねですか！　あなたたちはいったい何をするつもりなのですか！」

　老人は頭から白い髪の毛をはぎ取り、あごから白く長いひげをもぎ取った。そこにいたのは老人ではなかった。ぼさぼさの髪の毛、黒くてかたそうなひげをはやした、人相の悪い男だった。今まで腰を曲げて歩いていたので気づかなかったが、かなりの大男だった。

　船頭の男が言った。

「権蔵（ごんぞう）親分、うまくいきましたぜ。」

　権蔵と呼ばれた男は、気味悪そうに笑いながら言った。

「あした西の国からお前たちを迎えに船が来る。お前たちは西の国に売られていくんだ。わかったか。さあ、とっとと歩け！」

　二人は小さな小屋の前に連れていかれた。

権蔵は船頭の男に言いつけた。

「与五郎(よごろう)、こいつらを小屋の中に放り込んでおけ。明日になればしこたま金が入るぞ。今夜は前祝いだ。」

権蔵に命令されて、与五郎はゆきとみさを小屋の中に押し込むと小屋の戸を荒々しく閉めた。

二人は上機嫌で建物のほうにすたすたと歩いて行った。

(三)

藤吉とすずは部屋に二人だけ残され、母親たちが帰るのをじっと待っていた。

藤吉がまた苦しそうな咳をしだした。

すずは、「大丈夫ですか?」と、やさしく藤吉に声をかけた。

「すまないな。咳をしている人間と一緒にいるのは嫌だろう。みんなそう言って離れて行く。本当にすまないな。」

「何をおっしゃるのですか?　わたしはそんなことは思っていません。ただ、わたしにできることが何もなくて、申し訳ないと思っています。」

すずは小さな声で言った。

藤吉は驚いてすずを見つめた。そんなことを言われたのは生まれて初めてだった。

「ありがとう。先ほどおかあさんが、《すず》と呼んでいたが、名前は、すずさんというのかい？」

「はい、すずと申します。十四になります。」

すずはしっかりとした声で答えた。

「すずさんか、いい名前だね。おいらは藤吉だ。小さなころから病気がちで体は小さいが、もう十六になる。」

藤吉はそう言ってから、はっと思った。すずという子は目が見えない。自分の体が同じ歳の子どもと比べて小さいことなどわからない。わざわざそんなことを言う必要はなかった。自分が必要もないのに卑屈になっていることに気づき、藤吉は嫌な気持ちがした。

すずがにこやかに話しかけた。

「それでは、わたしより歳が二つも上のお兄さんですね。藤吉さん、どうかよろしくお願いします。」

すずに《お兄さん》と言われて、藤吉はどきっとした。藤吉には姉が一人いたが、末っ子で《お兄さん》などと呼ばれたことは今まで一度もない。自分より歳が下のまわりの子どもたちも、藤吉の体が小さく頼りにならないことはよくわかっていたので《お兄さん》などと呼ぶことは決してなかった。

目が見えないからそんなことを言えたのか。それにしてもすずの言い方はあまりに自然で明るかったので、藤吉はかえって戸惑いを感じていた。

「おかあさまたちはまだ戻ってきませんね。どうしたのでしょう?」

すずが心配そうに言った。

「すぐに帰ると言って出ていったのだが。確かに遅いな。おかあさんたちはどこに行ったのだろう?」

「きっと和賀之島というところに行ったのだと思います。」

「和賀之島?」

藤吉はおどろいて聞いた。

「藤吉さんはおやしろの中に入れなかったので、和賀之島のことは知らないのですね。わたしはおやしろの中に入れたので、あの老人とおかあさまたちの話を聞きました。おかあさまたちは、和賀之島という島のおやしろでおはらいをすると言っていました。きっとその和賀之島に行ったのだと思います。」

「そうか。それならもう少しで帰るかもしれないな。ここで待っていよう。」

藤吉は少し安心したような表情を見せた。

「いえ、藤吉さん、それではいけません。わたしたちも和賀之島に行きましょう。」

「えっ！」

藤吉は突然のすずのことばにびっくりした。帰るまでここで待つように言われているのに、なぜすずは和賀之島に行こうなどと言いだしたのか？

「わたしはあの老人の言ったことがどうしても信用できないのです。何かよくないことがおこっているような気がしてなりません。わたしたちも和賀之島に行きましょう。そしておかあさまたちの様子を見てきましょう。藤吉さん、一緒に行ってくれますね。」

「えっ、でも、もう日も暮れているし……、おいらたちだけでは……」

藤吉は少しうろたえて言った。

「こわいのですか？」

「いや、そんなことはないが、ただ……、ここで待っているように言われているし……」

「わかりました。藤吉さんが一緒に行ってくれないのなら、わたしは一人でも行きます。」

すずのことばはいよいよきつくなっていった。

「一人で行くって……、すずさんは、目が……」

「はい、わたしは目が見えません。目は見えなくても人に聞きながら行くことはできます。わたしは一人でも行きます。」

すずのことばにはとても十四になる娘が言っているとは思えない、固い決意が感じられた。

ただすずの表情はことばとは裏腹に、不安と恐怖で引きつっていた。

まさか、すずを一人で行かせるわけにはいかない……。

藤吉は覚悟を決めた。

「わかった、わかった。すずさん、おいらも一緒に行こう。」

藤吉のことばを聞くと、すずは涙声で言った。

「本当ですか? 一緒に行ってくれますか? 一人で行くなんて言ったけれど、本当はとても怖くて……」

藤吉はうつむいたまましゃくりあげているすずの肩に軽く手を置いて言った。

「大丈夫だよ、一緒に行こう。」

藤吉はすずの手を取って部屋を出た。


二人は宿の主人に和賀之島に行く道をたずねた。

宿の主人は和賀之島と聞いて驚きの表情を隠さなかった。

「和賀之島は昔から竜が住んでいると言われた島でしてね。以前は竜をまつるおやしろがあったと聞いていますが、今は住んでいる人もいないし、誰も近づこうともしません。それはそれはおそろしいところですよ。」

それを聞くと藤吉は身震いした。ところがすずはすました顔で宿の主人に話した。

「ねえ、お兄さま。ご主人のおっしゃるとおりですよ。うちの兄はとても勇気がありまして、もう日が暮れたというのに和賀之島というところを一度見てみたいと言うのです。」

「あなたがたは兄妹だったんですね。きょうは月が明るいから行かれないことはないが、夜は物騒だからやめたほうがいいと思いますよ。この宿の前の道をまっすぐ行くと、大きな松の木があるんですよ。そこを左に入っていくと和賀之島が見える海岸に出ます。どうしても島が見たいというなら、明日明るくなってからがいいですよ。」

「そうですよね、わたしもそう思います。今晩はもうやめて、明日明るくなってから行きましょうね。お兄さん、それでいいですか？」

藤吉はどう答えていいかわからず、ただうなずくばかりだった。

「お嬢さんはしっかりしていますね。ところでおかあさまはまだ戻らないんですか？」

「あっ、母とおばはもう戻ると思います。ちょっと兄と迎えに行ってきます。」

「それはよかった。気をつけて行ってらっしゃい。」

「ありがとうございます。ではお兄さま、行きましょう。」

すずはそう言うと藤吉を前に押しだすようにして歩きだした。

宿から少し離れたところで藤吉がすずに話しかけた。

「まったく驚いたな。すずさんは芝居がうまいな。」

「すみません、勝手にいろいろなことを言ってしまって。ああでもしないと宿の主人に疑われてしまいそうだったので。」

「宿の主人はすっかり信じきっていたな。それにしてもおかあさんたちはどこに行ってしまったのかな？　そのあたりをちょっと見て宿に戻ろう。」

「えっ、藤吉さん、何を言っているのですか？　これから和賀之島に行くのです。」

「えっ、これから和賀之島に行くのは物騒だからやめたほうがいいと宿の主人が言っていたし……、それにすずさんも和賀之島に行くのはやめましょうと言ったではないか？」

「それは宿の主人を納得させるために言ったことです。宿の主人の話を聞いていよいよあの老人があやしくなりました。人も近づかないような恐ろしい島で神様のおはらいなどするはずがないのです。何か不吉な予感がします。急いで和賀之島に行きましょう。」

「でも……」

藤吉はまだしり込みしていた。宿の主人の言うように、夜分に和賀之島に行こうとしたらそれこそどんな危険が待っていることか。

「藤吉さん、お願いします。おかあさまたちが大変なことに巻き込まれているかもしれないのです。どうか、和賀之島まで一緒に行ってください。」

すずは涙交じりの声で訴えた。藤吉は心を決めた。

「わかった、すずさん。一緒に行こう。」

藤吉はすずの手をしっかりと握った。何かあったら自分がすずを守ると思った。すずも藤吉の手をしっかりと握り返した。

＊＊＊

藤吉とすずは手を取り合って街道を歩いて行った。

すずの手はとても小さくやわらかだった。しかし足取りはしっかりとしていて、藤吉にはすずの手を引いているという感じは全くなく、一緒に歩いていても負担に思うことはなかった。

二人は宿の主人が教えてくれた街道沿いの大きな松の木のところまで来た。

松の木はくねくねと左右に枝を伸ばし、月明りに照らされて黒々と光っていた。その姿は、何本もの手を広げてそこを通る者を闇の世界に引きずり込むような恐ろしいものだった。藤吉は背筋が凍りつくような恐怖に襲われた。

松の木のところを左に入ると道はしだいに細くなり、上り下りを何度も繰り返すようになった。木の根が地面から盛り上がったところで、すずがつまずき前のめりにころんで手をついた。

「すずさん、大丈夫か?」

藤吉は心配そうにすずを見つめた。

すずは手についた砂を払いながら、

「すみません、大丈夫です。」とほほ笑んで答えた。

すずの手は地面についたときのいきおいで赤くすりむけていた。

「すまない。わたしの引き方がうまくないばかりに、すずさんにけがをさせてしまった。」

「藤吉さん、そんなことはありません。本当に大丈夫です。藤吉さんはとてもやさしく引いてくださるので、わたしは歩きやすいです。わたしの不注意ですからどうか心配しないでください。さあ、行きましょう。」

松の木を過ぎてから藤吉の息がしだいに荒くなった。とくに坂道の上り下りの繰り返しがきつかったようだ。藤吉は時々立ち止まり、苦しそうに咳こむようになった。

「藤吉さん、どこかで少し休んでいきましょう。」

「すまない、心配ばかりかけてしまって。でも大丈夫だ。早く和賀之島まで行かなければいけないな。」

「いいえ、藤吉さん、ここで無理をしてはいけません。お願いですからどこかで休んでいきましょう。」

すずの言葉はとてもやさしかったが、同時にかたい意志が感じられた。

藤吉は前方を見渡した。少し平らになったところにみすぼらしい小屋が見えた。

「すずさん、少し先に小屋がある。すまないがそこで少し休んでいってもいいか？」

「もちろんです。そうしてください。」

すずはにっこりとほほ笑んだ。


二人は粗末な小屋に入って、体を休めた。

藤吉がすずに話しかけた。

「すずさん、わたしは体が弱くて少し歩くとすぐに息を切らせてしまう。だが、すずさんは息が乱れることもなく疲れているようにも見えない。本当にすまない。」

藤吉のことばを聞いてすずが恥ずかしそうに言った。

「いいえ、そんなことはありません。わたしこそ、藤吉さんに手を引いていただいてご迷惑ばかりかけてしまって申し訳ありません。」

「すずさん、一つ聞いてもいいか？」

藤吉は少し言いづらそうに話した。

「はい。」

すずは落ち着いて答えた。

「もし、気を悪くしたらすまないのだが……。すずさんは目が見えない。目が見えないで歩くというのはこわいことはないのか？　どこかにぶつかったりころんだりはしないか、ないかと不安にはならないのか？」

「はい、家の中のように慣れたところでは安心して歩けますが、外を歩く時はとても緊張します。でも、わたしあわてものですから……」

すずは照れくさそうにうつむいて言った。

「家の中でも、時々障子に頭をぶつけたり、敷居につまずいたりします。そんなことはもう慣れっこになりましたけれど……。そう言えば、二年ほど前にとてもこわい思いをしたことがあったんです。」

「こわい思い？」

「はい。あの時は本当にこわかったのです。実は町にいたずらものがおりまして、わたしをわざと困らせようとしたのです。おかあさんが呼んでいるからとうそをついて、わたしを町はずれの神社に連れ出しました。そのいたずらものはわたしを神社に置き去りにして、自分だけ帰ってしまったのです。

わたしは、本当にどうしたらいいのかわかりませんでした。動いたらかえって危ないかと思い、じっと誰かが助けに来てくれるのを待つしかありませんでした。」

「なんてひどいことを……」

藤吉は怒りをあらわにした。

「わたしがいないことに気づき家族のものが必死に探したのですが、なかなか見つからなかったそうです。その時はたまたま神社にお参りに来ていたおばあさんがわたしを見つけてくれて、無事に家に帰ることができました。」

「さぞ、こわかったろう、つらかったろう。」

藤吉は、今自分の隣にいるすずがそんなつらい思いをしたことにはげしい怒りを感じるとともに、目が見えなくてもけなげに生きているすずを思い、この世の不条理をのろった。

「いえ、もしかしたらそういう経験もしなければいけなかったのかもしれません。そのことがあってからは、誰かについて歩く時は十分注意するようになりましたし……、見知らぬ人とは決して歩かないようになりました。」

すずはそんなひどい体験も、自分のかてとして受け止めようとしている。そんなすずを藤吉は限りなくいとおしく思った。

「すずさん、へんなことを言うようだが……」

藤吉はまた少し言いづらそうに話した。

「おいらとすずさんとは先ほど知り合ったばかりだ。そんなおいらと歩くことに、すずさんは不安を感じなかったのか？」

すずは藤吉のことばを聞くと、少し顔を上げてほほ笑みながら言った。

「それは大丈夫です。藤吉さんなら大丈夫です。」

「えっ！」

藤吉は予想もしなかったすずのことばに、思わず驚きの声を上げてしまった。

「藤吉さんと一緒なら大丈夫です。わたしは目が見えませんが、それはちゃんとわかります。だから藤吉さんとここまで来たのです。藤吉さんの声はとてもやさしくて、とてもあたたかくて、わたし、藤吉さんの声を聞いていると安心できます。それに……」

すずはそこまで言うと少し恥ずかしそうな表情を見せた。

「藤吉さんの手はとてもあたたかくて、わたしを上手に引いてくださって、ここまで歩いて来ることができました。わたし、小さいころから目が見えなかったでしょう。でもおかあさまに目が見えないからといって何もできないのではいけないと言われて、料理とか裁縫とかも教えられたんです。」

「料理や裁縫？」

すずはまた恥ずかしそうに話した。

「ええ、見えなくても、針に糸を通したりきれをぬいあわせたりすることもできるんですよ。野菜を洗ったり、このあいだは初めて包丁を使ったの。ちょっとこわかったけれど、野菜がすっと切れた。それで調子にのって切っていたら、指の先もちょっと切ってしまいました。」

「えっ、さぞ痛かっただろう。」

「ええ、ちょっと痛かったです。でも、みんなそうやって、だんだん上手になっていくんだって、おかあさまに言われました。見えなくてもそれはほかの人と同じなのよって。ちゃんと裁縫や料理ができないと、およめに行かれませんよって言うんです。」

「およめに?」

「でも、ちょっと裁縫や料理ができたって、全部一人でできるわけではないし……、およめにいくなんて無理ですよね。」

すずはほほ笑みながらそう言ったが、すずの表情には少し寂しさが感じられた。

藤吉が、「およめに?」と言ったのは、目が見えないものがおよめに行くなどありえないことだという意味で言ったのではない。すずはまだ十四だ。お嫁に行くことを考えるには、まだ早いのではないかという意味で言ったのだ。

そのことをすずにはちゃんと伝えたいと思い、藤吉はすずに声をかけた。

「すずさん……」

藤吉がそこまで言うと、突然すずが藤吉のことばをさえぎった。

「しっ、藤吉さん、だれかが来る!」

すずが息をひそめて言った。

＊　＊　＊

藤吉は小屋の戸を少しだけ開けて外をのぞいた。

するど藤吉の目の前に二つの大きな目玉があらわれ、小屋の中をのぞきこむようにしていた。

「ぎゃあ……」と叫び声をあげ、藤吉はのけぞった。

「ぎゃあ……」

小屋の外でも同じような声が聞こえた。

それは小屋の中をのぞこうとしていた慎平の声だった。小屋の戸に細い指がかかり、戸が静かに開けられた。慎平と瑞穂がそこに立っていた。

藤吉は近くにあった丸太の棒を取り上げて、いまにも慎平と瑞穂に襲いかかりそうな勢いで言った。

「おまえたちはだれだ！　そこで何をしている！」

瑞穂は藤吉の興奮した様子を見ても慌てることはなかった。

「驚かせてごめんなさい。わたしたちは決してあやしいものではないわ。あなたがたを助けに来たの。」

瑞穂の声を聞いて、すずがすっと顔を上げて言った。

「わたしたちを助けに来てくれたのですか？」

すずの声を聞くと、瑞穂は何かを突然思い出したようだった。

「あなた、もしかして、すずさん？」

「どうしてわたしの名前を知っているのですか？」

すずが驚いて瑞穂にたずねた。

「あなたの声が夢の中で聞こえたような気がしたの。あなたたちに会えてよかった。いま何か困っていることがあるの？　もしよかったら話してくれる？　きっと力になれると思う。」

瑞穂はすずにやさしく語りかけた。

瑞穂の言っていることはまたよくわからないことばかりだったが、瑞穂が言っていた《助けてあげたい》という相手が、すずという子らしいことは慎平にも何となくわかった。

すずは今までのことを瑞穂に話した。藤吉もやっと落ち着いて、すずが瑞穂に話すのをじっと聞いていた。すずの話は順序よくまとめられていて、藤吉は自分ならこんなにうまくは話せないだろうと思った。すずさんは目は見えないが、とてもしっかりとした、そして頭のよいむすめさんなのだと改めて感じた。

「おかあさんたちは和賀之島に連れていかれたのかもしれないわね。慎平君、わたしたちも和賀之島に行きましょう。」

「よし、わかった。」

瑞穂のことばに、慎平は大きくうなずいた。すずも慎平のことばを聞いてとても安心したような様子だった。

「慎平君、海岸はすぐそこでしょう。舟がないか見てきてくれる？」

「よし、行ってくる。」

慎平はそう言うとすぐに小屋を出た。

すると藤吉が、「おいらも一緒に行く。」と言って慎平の後を追いかけた。

慎平は、追いかけてきた藤吉に言った。

「僕の名前は慎平。十七になる。きみは？」

「おいらは藤吉。おいらは十六になる。」

二人はたまたま歳が近かったことで意気投合した。

「行くぞ！」と慎平がかけ声をかけた。

「おうー！」と藤吉も勇ましく応じた。

瑞穂はすずの手を両手で包み込むようにしながら、やさしく語り掛けた。

「こわかったでしょう。でも、よくがんばったわね。これから一緒におかあさんを助けに行きましょうね。二人ともきっと無事よ。」

「ありがとうございます。」

すずの目からは大粒の涙がこぼれ落ちていた。

＊＊＊

慎平と藤吉はあたりの海岸を探しまわったが、舟はなかなか見つからなかった。

「よし、手分けをして探そう。僕はこっちのほうを探す。藤吉さんはあっちのほうを探してくれるか？」

「わかった。」

藤吉はそう言うと、慎平に指示された方向に歩いて行った。

しばらくして、「おーい！」という藤吉の大きな声が聞こえた。

慎平は急いで声のほうにかけ出していった。

岩かげに壊れかけた小舟が置かれていた。小舟の底には穴が二か所ほどあいていたし、側面の木も腐りかけていた。

「これで島まで渡れるか？」

藤吉が不安そうに言った。

「これで島まで渡れるかどうか？　それはわからないが……」

慎平はそこまで言うと、藤吉の顔をちらっと見た。藤吉も覚悟を決めていた。

そして二人は同時に、「やるしかない！」と言って、うなずきあった。

慎平と藤吉は急いで小屋まで戻り、瑞穂とすずを小舟のところまで連れていった。

瑞穂はあまりにみすぼらしい小舟を見て不安そうだった。

「慎平君、この舟で本当に大丈夫？」

「何とかなると思う。舟の底に穴があるんだ。僕と藤吉さんで舟をこぐから、瑞穂とすずさんは木の切れ端で穴をふさいでいてくれないか？」

「わかった。それじゃ、やってみましょう。すずさん、わたしたちもがんばりましょうね。」

「はい。」

すずも大きくうなずきながら力強く答えた。


日はもうとっぷりと暮れて、あたりはすっかり暗くなっていた。月明りだけは妙に明るく、かえって暗闇の深さをより際立たせているようだった。

少し向こうに島が見える。島は黒一色に染まり、海の中から現れた魔物のようにそこに横たわっていた。近づこうとするものをすべてのみこんでしまうような底知れぬ闇。

島との間の海は波がしらだけが月の明かりに照らされて白い線を描き出していた。色のない世界で、波の音だけが異様に響き不気味な音楽を奏でていた。潮の流れは速く、ところどころで渦を巻いているように見えた。どれくらいの深さがあるのか、想像することすら恐ろしいほどの光景だった。

四人は小舟に乗って海に出た。

慎平と藤吉が長い木の棒を持って必死に舟をこいだ、瑞穂とすずは木切れを持って船底の穴をふさいだ。

しばらく進んでいくと船底には水がどんどんたまりだした。二つの穴のほかにも船底の板の隙間や腐りかけたところから、水はずぶずぶと舟に入ってきた。瑞穂とすずがどんなにがんばっても、それをあざけり笑うように水の勢いは容赦がなかった。

その時、舟がぐらっと大きく揺れた。

瑞穂が、「慎平君!」と叫び声を上げた。

「しっかりつかまっていてくれ! もうすぐだ。」

慎平も大きな声で叫んだ。

島はもうすぐそこだ。舟が島に着くのが早いか、四人が海にのみこまれるのが早いか?

その時、舟がガツンと何かにぶつかって大きく傾いた。船底が海に隠れていた岩にぶつかったらしい。メリメリっと舟底の木がさける音が聞こえた。

「あぶない、舟を降りるぞ! 藤吉さん、すずさんの手をとって舟から降りるんだ。瑞穂、瑞穂、こっちだ!」

慎平が叫んだ。そこがどれくらいの深さがあるのか見当もつかなかったが、こわれた舟と一緒に流されたらもっと危険だ。もう舟を捨てるしか方法はなかった。

藤吉はすぐにすずの手をとって一緒に船から降りた。水は二人の腰くらいまであった。

「藤吉さん、岸はすぐそこだ！　すずさんの手を引いて岸まで歩いて！」

慎平は思い切り叫んだ。

それから瑞穂の両手を取って船から降ろした。瑞穂も水の中で足をつくことができた。

「よかった」と慎平が思った瞬間、舟の底板がはずれ慎平の体が大きく傾いた。

「慎平君！」

瑞穂が叫んだ。

慎平はやっとの思いで体勢を立て直し舟から降りた。

「瑞穂、行こう！」

慎平は瑞穂の手を引いて必死に岸まで歩いた。

藤吉もすずの手を引きながら必死に岸まで歩いた。途中ですずが水の流れに押されてバランスを崩したが、藤吉はすずの体を抱きかかえるようにして前に進んだ。

四人は何とか岸にたどり着くことができた。小舟はぶくぶくと沈み、暗い海の中に吸い込まれるように流されていった。

「あぶなかった、本当にあぶなかった。」

慎平が荒い息で言った。

「奇跡だ！　まるで奇跡だ！」

藤吉も座りこんだまま放心したようにつぶやいた。

瑞穂とすずはお互いに手を取り合いながら、自分たちを必死で守ってくれた慎平と藤吉を頼もしく見つめていた。


四人は月あかりを頼りに草むらを分けて歩いて行った。すると前のほうに一軒の建物が見えてきた。建物からはかすかに明かりが漏れており、誰か人がいるようだった。

足音を忍ばせながら進んでいくと、建物とは少し離れたところに小さな物置小屋が見えた。

瑞穂が声をひそめて言った。

「あの建物の右側に小屋があるでしょう。あの中に人が二人いるの。きっと何か困ったことがあって助けを求めているると思う。あの人たちを助けてあげたいの。」

瑞穂には助けを求めている人たちの声が聞こえるらしい。四人はそっとその小屋に近づいた。

（四）

源太（げんた）と半助（はんすけ）は海岸の近くの小さな村で暮らしていた兄弟である。兄の源太は十六、弟の半助は十三になる。

このあたりは丘陵が海岸近くまで迫り平らな土地が少ないため、人々は尾根と尾根の間の谷筋に沿ったわずかな土地に田や畑を作り細々と暮らしていた。また海岸近くの地区では海に出て魚を取りながら、半農半漁の暮らしを営む者もいた。みんなその日食べていくのがやっとで、とても貧しかった。

源太がやっと十二になったころのことだ。兄弟の父親は急な病で倒れ、高い熱にうなされて寝込むようになった。父は源太を呼んで言った。

「源太、こんな体になってしまってすまないな。わたしに万一のことがあったら、かあさんと半助を頼むぞ。」

万一のことは、あまりに早くおとずれた。父はその三日後に亡くなってしまったのだ。

父を看病していた母も同じように高い熱を出し、食べるものものどを通らず急にやせ細ってしまった。母は自分の命がもうそう長くはないことを悟ったのか、源太を呼んで話した。

「源太、あなたはしっかりとした子です。どうか半助の面倒をみてやってくださいね。」

母はそれから一か月後に天に召されていった。
二人はあっという間に親のいない子どもになってしまった。

父や母が半助のことを心配するのも無理はない。
半助はまじめな子だ。言われたことは何でもするし、手を抜くことはない。ただ、何を言われているのか、自分は何をすればいいのかを理解するのにとても時間がかかった。半助に理解させるのには、同じことを三回は言わなければならない。それでも理解できない時は、身振り手振りを交えて説明し、それでもだめな時はもう半助にやらせることをあきらめるしかない。

相手の言うことがわからない時、半助は首をかしげてきょろきょろしていた。相手が話すことをあきらめた時には、申し訳なさそうな、悲しそうな、それでいてちょっとほっとしたような表情を見せた。
半助は自分の気持ちを人に伝えたり、誰かと言葉のやり取りをするのもとても苦手だった。

いつしか源太と半助は村を離れ宿場町に流れついていた。あいている小屋や寺社の軒下で雨露をしのぎ、源太が時々行商の手伝いなどをして何とか食いつないだ。源太一人ならどこかの店の下働きで住み込むこともできたかもしれないが、半助が一緒ではそれも無理だった。

源太は半助と離れるつもりは毛頭なかった。いつかおれがもっと稼げるようになれば半助を養ってずっと二人で暮らしていく、源太はそう思っていた。

＊＊＊

源太と半助は腹をすかせて、あてもなく街道をふらふらと歩いていた。昨日は源太が仕事にありつけず、二人は丸一日以上何も食べていなかった。

そんな時、ある男から突然声をかけられた。

「おまえたち、もしかしたら腹がへっているんじゃないのか？」

男はかなりがっしりとした体つきで、眉毛がやたらに太くぎょろっとした目をしていた。あごにはいかにもかたそうな黒いひげをたくわえていた。

「おじさん、おれたちに何か食わせてくれるのかい？」

源太がたずねた。

「おう、やっぱりそうか。最近は飢饉やはやり病で親を亡くしてしまった子どもも増えているが、お前たちもそうか。哀れなことだ。飯を食わせてやるからおれについてこい。」

源太は男の言うことに半信半疑だったが、腹がへって今にも倒れそうだったのでとりあえず男について行った。男は本当に兄弟を飯屋に連れていき、飯を食わせた。見かけはあまりよくないが、このおじさんは自分たちを助けてくれるいい人かもしれないと源太は思った。

男は二人が飯を食い終わったころを見計らって、二人に言い聞かせるようにゆっくりと話した。

「実は、おれは人助けをしたいと思っているんだ。困っている人を助けたいんだ、わかるな。この先に無病神社という神社がある。この神社にお参りをすれば、どんな病もたちどころに治ると信じられている。お参りをする人の中には重い病の子どもを連れた母親もいて、医者からも見放されてこの神社にやってくるんだ。実際、無病神社にお祈りをしたおかげで病が治った子どもたちもいる。ところが無病神社で祈っても病がすぐには治らない子どもたちもいる。この先に嘆きの崖というところがあるのを知っているか？」

男は二人の顔を覗き込むようにたずねた。源太は思わず首を横に振った。

「もともとはこの世で結ばれなかった男女が、あの世で結ばれようと身を投げた場所だ。ところが、あるとき子どもの病が治らなかった母親が子どもを道連れにしてこの崖から身を投げてしまった。哀れな話じゃないか。」

男は熱心に兄弟に話した。源太は母親の気持ちはわかるが子どもを道連れにするのはひどいと思い、男の話を聞いて大きくうなずいた。半助は男が何を言っているのかよくわからなかったが、兄がうなずく様子を見てとりあえず自分もうなずくことにした。

「それでだ、母親たちには実際に病が治るところを見てもらって、これからお祈りを続けていけばきっと子どもの病は治るという希望をもってもらいたいと思う。それでお前たちには病が治る子どもの役をしてもらいたい。これも人助けのためだ。わかるな。」

男の最後のことばは、有無を言わせぬような強い調子だった。

飯を食ってしまった後だ。二人は男の強い調子に恐怖を感じながらも、人助けだということばを信じて男の言うことに従うしかなかった。

＊＊＊

和賀之島の小さな小屋の中で、源太と半助はじっと身をひそめていた。

昼間、二人は飯を食わせてもらった男に言われたとおり病の子どもに扮し、変装した男のおはらいによって病が治るまねをした。男はにたにた笑いながら、「なかなか芝居がうまいじゃないか。」と満足そうに言った。

それから二人はもう一人の、これもまた人相の悪そうな男に舟に乗せられてこの島まで連れてこられた。男は源太と半助に命令するように言った。

「いいか、明日の昼まではこの小屋でじっとしていろ。何があってもこの小屋から出てはならないぞ。明日の昼にはたっぷりこづかいもやるからな、たのしみにしてまっているんだぞ。」

半助が兄の源太に訴えるように言った。

「あんちゃん、おいらは病の子のまねをするのはいやだ。うそをつくのはいやだ。」

源太は半助をなだめるように話した。

「半助、これは人助けなんだ。わかるか？」

「人助け？」

「そうだ、おまえは胸をわずらっている子どものまねをしただろう。よくできていたぞ。もしあのおかあさんが子どもの病が治らないと悲しむあまり、子どもと一緒に崖から身を投げてしまったらかわいそうだろう。おまえはあのおかあさんと子どもの命を助けたんだ。」

「でも、おいらは病じゃないよ。」

「おまえは病の子どももお祈りをすれば病が治ることを示したんだ。お前のしたことは立派な人助けなんだぞ。」

「でもおいらは病じゃないし元気だよ。うそはいけないよ。」

「わかった、わかった。少し静かにしていろ。」

「あんちゃん、うそはいけないよ。」

「うるさい、何を生意気なことを言っているんだ。そんなことを言ってたらおれたちは飢え死にしてしまうんだぞ。おまえはだまってあんちゃんの言うことを聞いていればいいんだ。」

源太はいらつきながら半助を怒鳴りつけてしまった。

源太は自分の心の中にうごめいている、どろどろしたいやな気持ちのやり場に困っていた。半助の言うとおりなのだ、それは源太にもよくわかっていた。自分たちは腹はすかしているが今は元気だ。そんな自分たちが病の子どものまねなどしてはいけないし、まして病が治るまねをするなどもってのほかだ。でもうまい飯は食わせてもらったし、明日になればこづかいもくれるという。これは本当に人助けなんだ。きれいごとばかり言っていたら、おれたちは生きていけない。

源太はそう思って自分を納得させるしかなかった。

その時だ。小屋の戸に細い指がかかり、戸が静かに開いた。何と四人もの人影がそこに見えた。

「なんだ、お前たちは！」

そうさけんだ源太に、瑞穂はそっと言った。

「ごめんなさい、驚かせてしまって。わたしたちはあやしいものではありません。あなたたちの力になりたいの。」

瑞穂のことばを聞くと源太は何も言えなくなり、その場に立ちすくんだ。瑞穂の声は小さかったが、一語一語のことばには相手に訴えかけるような説得力があった。

瑞穂は、恐怖のあまり小屋の隅で今にも泣き出しそうな顔をしていた半助に声をかけた。

「あなたが半助さんね。」

半助は突然見も知らぬ人から自分の名前を呼ばれて、何が何だかわからずきょとんとしていた。声をかけたのは女の人で、その人は自分のほうを見てほほ笑んでいる。こわい人ではなさそうだ。半助は自分の名前が呼ばれたことがうれしくなり、にこっとほほ笑んだ。

「あなたに会えてよかった。あなたの声が夢の中で聞こえたの。何か困ったことがあるのでしょう。よかったら話してくれる？」

瑞穂にそう言われると、半助はすっかり安心して話しだした。

「うそをつくのはいけないよ。おいらは元気だよ。やっぱりうそをつくのはいけないよ。」

半助が話すのを聞いて、兄の源太は怒って半助を怒鳴りつけた。

「こら、何をぺらぺらしゃべっているんだ。こいつらはあやしいやつらだぞ。半助、黙っていろ。」

その時、少し後ろにいたすずが突然声を上げた。

「あっ、あなたは……その声は……、あのおやしろの中で、おまじないをかけられて目が見えるようになった人ではありませんか？　そしてあなたは……」

すずは半助の声が聞こえたほうに体を向けた。

「あなたはおまじないをかけられて、胸の病が治った人ではありませんか？」

半助は突然本当のことを言われて、身動きもできずに顔をこわばらせていた。

「何の話だ！　おれたちはそんなことは知らないぞ。」

源太が叫んだ。

「隠してもだめです。わたしはあのおやしろの中にいたのです。わたしは目は見えませんが、一度聞いた人の声は決して忘れません。あなたは目の見えないわたしの前でも、そんなことは知らないと言えるのですか？」

源太はすずの勢いに恐れを感じ、一歩後ずさりした。

「こちらの藤吉さんは胸の病で今も苦しんでいます。この人の前でもそんなことは知らないと言えるのですか？」

すずのことばを聞いて半助は声を上げて泣き出した。

「ごめんなさい、ごめんなさい。うそはいけないよ。うそはいけないよ。」

すずの近くにいた藤吉が怒り出して言った。

「お前たちは病のおいらたちのまねをして、おかあさんたちをだましたのか？　このやろう、ゆるさないぞ！」

藤吉は二人に殴りかからんばかりだった。

すずはそんな藤吉をなだめるようにして言った。

「藤吉さん、待ってください。この人たちもきっと悪者たちにだまされているのです。本当はやりたくないことをやらされているのです。そうですね。」

すずのことばを聞いて半助は大きくうなずいた。

源太が言った。

「実はおいらも少しおかしいとは思っていたんだ。人助けだと言われてあのおじさんたちの言うことを聞くことにしたんだが……。これからあのおじさんたちのところに行って、本当に人助けかどうかおいらが確かめてくる。」

源太のことばを聞いて、瑞穂は驚いて源太を制止した。

「ちょっと待って！　それはあまりにも危険だわ。あなたも悪者たちにつかまってしまうかもしれない。」

今までみんなの話を聞いていた慎平が一歩前に出て言った。

「それなら僕が一緒に行こう。とりあえず建物の近くに忍び寄って、男たちの様子を見てくる。もしかしたら、おかあさんたちも近くにいるかもしれない。」

「慎平君、大丈夫？　相手はかなり手ごわいかもしれないわ。」

「うん、十分注意して行ってくる。みんなはここで待っていてくれ。」

＊　＊　＊

慎平と源太は足音を忍ばせながら建物に近づいていった。

慎平が源太に小さな声で話しかけた。

「僕は慎平。きみの名前は？」

「おいらは源太。」

「源太さんか。あっちに明かりのついている建物がみえるけど、男たちはあの中にいるのかな？」

「たぶんそうだと思う。」

「近くまで行かれるか？」

「建物のまわりには木が何本かあるし、草むらに隠れながら行けば大丈夫だと思う。」

「よし、それじゃ慎重に行こう。」


建物の近くに来ると、男たちの大きな笑い声が聞こえた。二人の男が酒を飲みながら話をしているようだ。慎平と源太は足音を忍ばせて二人の話が聞こえるところまで近づき、そっと草むらに隠れた。

船頭をしていた与五郎が言った。

「いやあ、権蔵親分の変装と芝居は本当にうまい。女たちはころっとだまされたじゃありませんか。」

権蔵親分と呼ばれた男はにたにた笑いながら言った。

「なあ、与五郎よ。あの女たちは子どもの病を治すことで必死になっているんだ。子どもの病が治ると聞くとすぐに信じてしまう。ああいう女たちをだますのは簡単なことだ。」

「あとはあの女たちを売り飛ばしてしまえば、たんまり金が入りますね。」

「明日の昼には船が来るからな。あの女たちは、京か大阪か、それとももっと西のほうか、船に乗せられて売られていくんだ。たくさん金がはいったら、この宿場ともしばらくおさらばだ。」

「親分は全く頭がいい。それにあの子どもたちもなかなか役に立ちましたね。子どもたちの芝居もよかったですよ。」

権蔵は酒の入った器をかたむけながら話した。

「子どもをだますなんてわけのないことだ。ちょっと飯を食わせてな、それから人助けだとかなんとか言えばすぐについてくる。あの子どもたちはよくやってくれたな。」

男たちはがははと笑った。

源太は男たちの話を聞いて、驚きのあまり思わずしりもちをついて後ろに倒れこんでしまった。草がカサコソっと音をたてた。

「なんだ、だれかいるのか！」

権蔵は音のしたほうに向かって怒鳴った。

その時だ、カサコソ、カサコソという音は木の上のほうの枝に移動していき、木の葉を大きく揺らした。それから慎平と源太のいるところとは反対のほうの木の枝を揺らし、結局姿は見せずに音だけが暗闇の中に消えていった。

「なんだ、りすか。」

男たちはそう言ってまた酒を飲みはじめた。

慎平と源太は足音を忍ばせてその場を離れた。

少し行ったところで源太がくやしそうに唇をかみながら言った。

「あいつらはおれたち兄弟をだましていたんだ。簡単にだまされてしまったおいらもいけなかった。早く女の人たちを助けださないと大変なことになってしまう。」

「女の人たちはどこにとらわれているんだろう?」

慎平も心配そうに辺りを見回した。

「もしかしたら奥のほうにある小屋かもしれない。行ってみよう。」

二人は足音を忍ばせながら急いで奥のほうにある小屋に向かった。

＊＊＊

「みささん、あなたまでこんなことにまき込んでしまって本当にごめんなさい。わたしがあの悪者たちの言ったことを信じてしまったばかりにこんなことになってしまって……」

藤吉の母、ゆきは泣きながらそう言った。自分の浅はかさがつらかった。子どもの胸の病が治ると聞き本当に信じきってしまった。明日、船に乗せられて西のほうに売られていくと思うと、すべての希望がたたれてもう何も考えることができなくなった。

「ゆきさん、しっかりしてください。何とかしてここを抜けだすことを考えましょう。」

みさがゆきを励ますように言った。

「抜けだすと言ったって、わたしたちはこうして縛られているし、ここは岸からは離れた小島だからどんなに声を出しても誰も助けに来てはくれないだろうし……ああ、もうだめだわ。」

ゆきにはここを抜けだすことを考える気持ちの余裕は全くなかった。

みさは何とかしなければいけないと思っていた。こんなことならおやしろになど行かなければよかったとも思ったが、ゆきを一人で行かせるわけにもいかずここまで来てしまったのは自分の責任でもあった。みさは思った。

《目の見えないすずと、このままはなればなれになるわけには絶対にいかない。すずはまだ子どもだ。いつか大人になって自分で生きていけるようになるまでは、わたしがそばにいてやらなければならない。》

その時、みさは小屋の外で何かが動く気配を感じた。みさとゆきは恐怖におののき顔を見合わせたが、二人にできることはわずかに後ずさりして体をこわばらせることだけだった。しばらくして小屋の戸に指がかかり、音を立てないように少しずつ戸が開かれていった。月明りに照らしだされたのは、二人の男の子の姿だった。

慎平は、小屋の中に二人の女の人がとらわれているのを発見した。一人は、顔をうつぶせたまま泣きじゃくっていた。もう一人は、顔をこわばらせながらもじっと前を向き、その表情にはどんなことが起きても決して負けないという強い意志が感じられた。慎平の心の中で、じっと前を見ていた女の人の姿が、源太と半助の声のことを話すときのすずのきりっとした姿と重なった。

「あなたが、すずさんのおかあさんですか?」

「えっ、あなたはすずのことを知っているのですか?」

慎平が声をひそめてみさにたずねた。

「はい、すずさんも近くまで来ています。あなた方を助けに来ました。」

それから慎平はゆきの方を向いて言った。

「あなたが藤吉さんのおかあさんですね。」

「まあ、なんで藤吉のことを……」

思わずゆきは大きな声をあげた。

「しっ！　すぐにここを出ましょう。」

慎平はそう言ってみさの縄をほどき始めた。

源太はゆきの縄を素早くほどいた。それから慎平がみさの縄をほどくのに苦労しているのを見ると、

「こういうことはおいらのほうが得意そうだな。」

と言って、みさの縄をほどくのを手伝った。

「すまないな。」

慎平は頼もしそうに源太を見やった。

四人は足音を忍ばせて小屋を出ると、急いですずや藤吉の待つ小屋に向かった。

＊＊＊

みさは小屋の中にいるすずを見つけると、すずのもとに駆け寄り強く抱きしめた。

「ごめんね、すず。こわかったでしょう。もう絶対にはなれないからね。」

「おかあさま、おかあさま。」

すずも母の腕の中で、あふれ出る涙をおさえることができずにいた。

ゆきも藤吉をしっかりと抱きしめた。

「藤吉、おかあさんを助けに来てくれたのかい？　こんなところまでよく来られたね。胸は苦しくないかい？」

藤吉は母に言われてはっと気づいた。向こう岸の小屋ですずと一緒に休んでからは、胸の痛みは感じていない。小舟を力いっぱいこいだり、途中で舟が壊れて海の中を歩いたり、かなり激しい動きをしたはずだが胸の痛みはおこらなかった。あまりの緊張に、胸が痛くなることも忘れてしまっていたのか。

「大丈夫だよ、かあさん。おいらは元気だ。それから……」

藤吉はすずのほうを見て言った。

「おいらをここまで連れて来てくれたのはすずさんだ。すずさんがおいらにたくさんの勇気をくれて、おいらはここまで来ることができたんだ。」

藤吉のことばを聞くと、すずはあわてて言った。

「藤吉さん、そんなことはありません。わたしはなにもしていません。藤吉さんは命がけでわたしを守ってくださいました。」

ゆきはとらわれていた小屋の中で源太を見た時から、この子をどこかで見たような気がしていた。そして今、小屋の隅でおどおどしている半助を見た時、はっきりと思いだしたのだ。

「あなたたちは、あのおやしろの中にいた子どもではありませんか？」

ゆきは源太と半助を睨みつけた。

「あなたたちは病が治る芝居をして、わたしたちをだましたのですね。子どものくせに、大人をだますなんて……」

すると藤吉が興奮した母をなだめるように言った。

「かあさん、ちがうんだ。この子たちもあの悪者たちにだまされていたんだ。この子たちもつらかったんだよ。」


瑞穂が緊張した面持ちで慎平に声をかけた。

「慎平君、はやくこの島から出ましょう。悪者たちが、おかあさんたちがいないのに気づいて追いかけてきたら大変だわ。」

「そうだ、急がないと。でも、来るときに乗ってきた舟は壊れてしまったし……。源太さん、この島にほかに舟はあるかい？」

慎平は源太に聞いた。

「二、三人乗れるだけの小舟が一つあるだけだ。それも悪者たちのいる建物のすぐ近くの岸にあるから、舟を出したらあいつらにすぐに気づかれてしまう。」

源太のことばを聞いて、みんなはまた不安な気持ちにおそわれた。せっかくおかあさんたちを助け出すことができたのに、また悪者たちにつかまってしまうのか？　まわりを海に囲まれたこの島から抜けだすことはもうできないのか？

「あっ！」

その時、源太が突然声を上げた。

「もしかしたら……」

（五）

「もしかしたら、あそこからなら向こう岸に行かれるかもしれない。」

興奮してそう言った源太に、慎平がたずねた。

「あそこって？」

「この先に砂浜になっているところがあって、そこは潮の流れの関係で砂がたまりやすくなっているんだ。以前とうさんから聞いた話だが、一年に何日かだけだが海の中に砂の道ができるらしい。潮が引いていれば歩いて渡れるかもしれない。急いで行ってみよう。」

みんなは一縷の望みを託し、源太について月明りの中を歩いて行った。

しばらく進んで行くと、源太の言ったとおり砂浜の広がった場所に出た。海の水はだんだん後ろに下がっていくように見えた。潮が引いているのだ。少し先に大きな岩が見え、その向こうに対岸の砂浜が見えた。

「思ったとおりだ。いまならここを歩いて渡れる！」

源太が叫んだ。

「源太さん、あの岩のあたりには水が広がっているようだが……」

慎平が不安そうにたずねた。

「いまならあの岩のあたりでも、水はせいぜいひざの上くらいまでだ。ただ急がないと、潮が満ちてきたらもう向こう岸には行かれなくなってしまう。」

「よし、わかった。」

慎平がみんなに指示を出した。

「これから海の中の道を歩いて渡ります。源太さん、先頭に行ってください。それから半助さん、すずさんとおかあさん、藤吉さんとおかあさん、瑞穂と僕が最後に行きます。急いで、でも落ち着いて行きましょう。」

源太は慎重に砂の道を歩いて行った。みんなの安全が自分にゆだねられていることも承知していた。悪いのはもちろんあの男たちだが、自分たちがその悪事に加担してしまったことも事実だった。絶対にみんなを助けなくてはならない、源太はかたくそう誓った。

瑞穂は海の中の道を歩きだそうとしたとき、突然ポケットを探りながら、

「あっ！」と、大きな声を上げた。

「瑞穂、どうした？」

慎平が心配そうに声をかけた。

「お守りが……、お守りがないの。どこかに落としてしまったのかもしれない。たぶんあの小屋かも。わたし、さがしに行ってくる！」

瑞穂はそう言うと、いま来た道を駆け足で戻っていった。

「瑞穂！　だめだ、そんな時間はもう……」

慎平はあわてて声をかけたが、瑞穂の姿は草むらの中に見えなくなっていた。

「慎平さん、大丈夫か？」

先頭を歩いていた源太が、後ろを振り向いて心配そうに言った。

「大丈夫だ。僕たちは最後に行くから、さきに行ってくれ！」

慎平が叫んだ。

みんなは海の中の道を歩いて行った。水のあるところに来たが、水は確かにひざの上くらいまでしかなく、歩いて進むことができた。

慎平はみんなが歩いて渡れそうなのを見届けてから、自分は瑞穂を追いかけて小屋のほう

に駆け出していった。

　瑞穂は必死だった。

《なんでこんな時に、お守りを落としてしまったんだろう。おとうさんからもらった大切なお守り。あのお守りをなくすわけにはいかない。》

　瑞穂は必死に走った。源太と半助がいた小屋につくと、窓から漏れている月あかりを頼りに、お守りを探した。

「あった！」

　お守りは小屋の隅に落ちていた。瑞穂はお守りをすぐに拾って小屋を出ようとした。その時小屋の戸が乱暴に開けられた。

「なんだ。お前はこんなところで何をしているんだ！」

　与五郎が小屋の入口に立ちふさがって、瑞穂をにらみつけていた。瑞穂は恐怖のあまり何も言えずに後ずさりした。与五郎の吐く息は酒臭く、辺りに異様な臭気をまき散らしていた。

「与五郎、どうした？」

　後ろからどすのきいた太い声が聞こえた。権蔵の声だった。

「権蔵親分、何か物音がすると思って来てみたら、こんな娘が忍び込んでいたんです。」

　与五郎はそう言うと瑞穂に向かって怒鳴りつけた。

「やい、ここにいた子どもたちはどうした？」

権蔵がにたにた笑いながら与五郎に言った。

「まあ、いい。あの子どもたちはもう用済みだ。この娘も縛ってここに放り込んでおけ。明日あの女たちと一緒に売り飛ばしてやろう。この娘ならたかく売れそうじゃないか。こいつはもうけもんだ。」

「へい。」

与五郎は素早く瑞穂を縛り上げ小屋の隅に押し込んだ。


慎平が源太と半助がいた小屋に近づいたのは、ちょうど権蔵と与五郎が小屋から出ていくときだった。慎平は男たちの姿を見て、全身から血の気が引いていくのを感じ、体の震えをおさえることができなかった。あの小屋で瑞穂と男たちが遭遇してしまったとしたら……、瑞穂は無事か？

慎平は男たちが立ち去ったのを確認すると、急いで小屋に向かい小屋の戸をそっと開けた。

慎平は手足を縛られて小屋の隅に押し込められている瑞穂を見つけた。

「瑞穂！　大丈夫か？」

慎平は急いで瑞穂の縄をといた。小屋の隅に押し込められたときどこかにぶつけたのか、手のひらには血がにじんでいた。

「よかった。無事でよかった。」

慎平は瑞穂を強く抱きしめた。瑞穂の瞳から大粒の涙があふれだした。

「慎平君、ごめんね。」

「よかった。本当によかった。」

「わたし、勝手なことをして、ごめんね。」

「探していたものは、見つかった？」

「うん。」

瑞穂は握りしめていたお守りを慎平に見せた。

「瑞穂の大切なもの、見つかってよかった。それじゃ、急いで行こう。」

慎平は瑞穂の手をしっかりと握りしめた。もうこの手は絶対に離さないと、かたく心に誓った。

＊＊＊

海の中の道を歩いて渡ろうとした砂浜についたとき、慎平はさきほどとは様子が全く違っているのを見て思わずその場に立ちすくんだ。

さきほど見えていた広い砂浜はもう波に隠れて、ずいぶん狭くなっていた。その波もしだいに勢いを増して、こちらに襲いかかってくるように思われた。向こう岸との間に見えていた大きな岩は、先のほうを少しだけのぞかせているだけだった。普通に考えれば、こんなところを歩いて渡ろうなどとは誰も思わない状況だった。

瑞穂は小屋までの往復の疲れと極度の緊張で、はあはあと苦しそうに肩で息をしていた。瑞穂にこれ以上負担をかけることはできないと慎平は思った。潮はしだいに満ちてきていた。迷っている時間はない。

慎平は決心した。

「瑞穂、僕の背中に乗って、おんぶして行くから。」

瑞穂は突然、慎平からおんぶといわれて一瞬ためらい、小さな声で言った。

「慎平君、大丈夫？」

「うん、はやく行こう！」

瑞穂も心を決めて慎平の背中に乗った。

慎平は、自分は溺れても瑞穂だけは絶対に助けるんだと思った。

海に入っていくと、水はすぐに膝のあたりまできた。さっきみんなが渡ったころなら、このくらいの深さで向こう岸まで行かれたのだろう。今は一歩進むごとに確実に体は水の中に沈んでいった。

腰まで水がきた。これくらいのことは何でもないと慎平は自分に言い聞かせた。力なら人には負けない自信があった。

水はへそのあたりまできた。潮の流れがさらに速くなってきたようで、足を前に出したときに体がそのまま流されてしまいそうな感覚をおぼえた。

《まだ、大丈夫だ、これくらいなら何とか歩ける》

次の一歩を踏み出したとき、慎平の体が大きく右に傾いた。肩につかまっていた瑞穂の手にぐっと力が入ったが、瑞穂は何も言わなかった。慎平は何とか体勢を立て直し、またしっかりと前を向いて次の一歩を進めた。

ついに水は胸のあたりまできた。足元の砂も速い潮のいきおいに流されているようで、しっかりと足をついているという感覚がなかった。いざとなったら瑞穂を抱きながら泳いでいくしかない。もうその決断をしなければならない時がすぐそこまで迫っていた。

その時、背中のほうで瑞穂の声が聞こえた。

「慎平君、ありがとう。」

えっ、と慎平は思った。その声はとても穏やかで、しずかで、やわらかい声だった。こわがっているような、おびえているような、恐怖におののいているような声ではなかった。にこやかに、ほほ笑みかけているような声だった。

瑞穂も、きっと、きっとこわいだろうに、どうして？

そう思いながら、慎平は瑞穂の声に励まされて次の一歩を踏み出した。

その一歩は、体を沈めはしなかった。いや、逆に体が少し浮いたような気がした。慎平はさらに次の一歩を踏み出した。次の一歩も体を少し浮かせた。水は少し下がっていったようだ。

《一番深いところは通りこした。》

慎平はそう思った。一歩ずつ進んでいくと、水はだんだん体の下のほうに移動していくようだった。あとは潮が満ちてくるのが早いか、僕たちが向こう岸につくのが早いか、どちらかだ。

慎平は水の中を必死に歩いた。岸はもうすぐそこに見えていた。

（六八）

東のほうの空が少し白んできた。もうすぐ日が昇り、何事もなかったかのようにまた新しい一日が始まる。すずとその母のみさ、藤吉とその母のゆき、源太と半助の兄弟、そして瑞穂と慎平、みんなそれぞれの思いを抱いて、しだいに赤みを帯びてきた東の空を見つめていた。

宿場の手前の分かれ道に来た時、源太が立ち止まって言った。

「おいらたちはここから北のほうに行きます。本当にすみませんでした。」

源太がみんなに向かって頭を下げた。半助も兄のまねをして頭を下げた。

慎平が源太に声をかけた。

「源太さん、みんなが無事に島を抜け出すことができたのは源太さんのおかげだ。ありがとう。」

「いや、おいらたちは本当にとんでもないことをしてしまったから。でもみんな無事でよかった。」

「源太さんたちはこれからどうするんだい？」

「おいらたちはここから北のほうにある町に行こうと思う。おいらはそこでまっとうな仕事を見つけて、ちゃんと働いて半助と暮らすんだ。半助、そうしような。」

源太は半助の肩をやさしくたたいた。半助は兄を見上げて、うれしそうにほほ笑んだ。

「おいらはずっと、半助を守ってやらなければいけないと思っていたんだ。でもそれは違うということが今回のことではっきりとわかった。守られていたのはおいらのほうなんだ。

悪い男たちから誘われて、本当はやりたくないこともやってしまった。食っていくためにはそうするしかないんだと自分に言いきかせていた。でも、半助は《うそはいけないよ》とはっきり言った。おいらは半助がいなければ、悪い男たちの使い走りにされていたかもしれない。

半助、いつかあんちゃんがおまえにできる仕事を見つけてやるからな。一緒に働いて生きていこうな。」

半助は源太の言うことがよくわからなかったが、兄のうれしそうな様子を見て自分もうれしくなりにっこり笑った。

それから源太はすずの前に歩み寄った。

「すずさん、おいらは目の見えない子どものまねをして、おはらいで目が治る芝居をしてしまった。本当にすまなかった。」

源太は深々と頭を下げた。

「源太さん、そんなことはありません。源太さんは海の中の道のことを教えてくれて、わたしたちを救ってくれました。源太さんはわたしたちの命の恩人です。どうか気になさらないでください。」

「ありがとう、すずさん。」

源太と半助はみんなに別れを告げて、北のほうに向かう道を歩いて行った。歩き始めた源太の背中は、今までにもまして大きく見えた。慎平は瑞穂を見て言った。

「すてきな兄弟だな。」

「そうね、源太さんならきっと大丈夫。だって、半助さんがついているから。」

「そうだな。」

慎平もしみじみとそう思った。

しばらく行った分かれ道のところで、ゆきが言った。

「わたしたちは、ここから西に向かう道に行きます。わたしたちもここでみなさんとお別れです。」

ゆきはみさの前に行き、みさの手を握りしめながら話した。

「みささん、本当にありがとう。藤吉の胸の病が治ると聞いて、わたしはすっかりだまされてしまいました。みささんはおかしいと言ってくれたのに、わたしはみささんのことばには耳も貸さず、みささんを恐ろしいことに巻き込んでしまいました。本当にごめんなさい。」

ゆきは涙声で言った。

「そんなことはありませんよ。みんな無事だったのですから、こんなにうれしいことはありません。」

みさはゆきにやさしく語りかけた。

「みささん、実は……、わたし、みささんて変な人だなあと、ずっと思っていたんです。」

ゆきはすこし申し訳なさそうに言った。

「えっ。」

「最初にお会いした時に、無病神社にお参りに行くことを、《目は見えなくても、この子が幸せに生きられるようにお参りに行く》と言っていたではありませんか。わたしは病が治らなければ幸せになどなれるわけがないと思っていました。病が治るようにとみんなお参りに来るのに、なんでこの人はそんな変なことを言っているんだろうと思っていたんです。でもすずさんはとてもしっかりとしていて、幸せそうに見えます。病は病としてしっかりと受け止めて、幸せに生きていこうとすることが大切なんだとわかりました。」

「ゆきさん、わたしはお祈りすることはとても大切なことだと思います。とても尊いことだと思います。でもお祈りをした後で、毎日をどう過ごしていくかは、やはり自分で考えるしかありません。本当につらいこともあるのですけれど、わたしはすずと一緒に、これからもいろいろ考えていきたいと思っています。ゆきさん、おたがいがんばっていきましょうね。」

みさはそう言って、ゆきの手をかたく握り返した。

その時、藤吉が一歩前に出てすずに話しかけた。

「すずさん、おいらは、すずさんがすごくしっかりとしていて、なんでも自分でよく考えて、どんどん行動していくのにとても驚いた。すずさんは本当に強い。おいらよりもずっとしっかりとしていて、強い。」

藤吉は力を込めてそう言った。藤吉に突然《強い》と言われて、すずはどうしていいかわからずうつむいてしまった。

　みさが驚いてすずに言った。

「まあ、すず、あなたはそんなに強くしていたのですか？　みなさんにご迷惑はかけませんでしたか？」

　すずは恥ずかしそうに言った。

「いいえ、おかあさま。わたしはずっとおしとやかな娘でいました。」

　すずがそう言うと、みさがほほ笑みながら話した。

「本当に勝気な娘で、一度言い出したら聞かないところがあって困っています。申し訳ありません。」

「すずさん、おいらはいまは病で体が弱いが、いつか病を治して必ずすずさんに会いに行く。そうしたらおいらのお嫁さんになってほしい。おいらは必ずすずさんを迎えに行く。それまで待っていてほしい。」

「えっ！」

　藤吉のことばを聞いてすずは顔を赤らめてうつむいた。

「藤吉、突然、何を言いだすんです。すずさんにご迷惑じゃありませんか。」

　ゆきがあわてて藤吉をたしなめるように言った。

「すずさん、おいらは今まで自分のことで精いっぱいで、人のために何かをしたいとか、人の役に立ちたいとか、そんなことを思ったことは一度もなかった。でもすずさんはおいらのことを心から心配してくれて頼りにもしてくれた。おいらはそんなすずさんのためにできるだけのことをしたいと思った。少しでもすずさんの役に立ちたい、すずさんを守っていきたいと思った。

すずさんはおいらの心を強くしてくれた。たくさんの勇気をくれた。おいらはずっとすずさんと一緒にいたい。すずさんと一緒に暮らしていきたい。」

藤吉の真剣な言葉を聞いて、みさはやさしく藤吉に語りかけた。

「藤吉さん、お気持ち、ありがとうございます。これからも元気に過ごしてくださいね。」

ゆきと藤吉は西へ向かう道へと歩いて行った。

別れ際にすずは小さな声で、

「藤吉さん、ありがとうございます。」とつぶやいた。


次の分かれ道で、みさが慎平と瑞穂に声をかけた。

「わたしたちはここから南に向かう道を行きます。危ないところを助けていただいて、本当にありがとうございました。」

瑞穂はすずの手をしっかりと握りしめて言った。

「すずさん、あなたの勇気は本当に素晴らしかった。あなたの勇気がみんなを救ったの。これからも元気でね。」

「ありがとうございます、おねえさん。」

すずの目から一粒涙がこぼれ落ちた。

別れ際に、みさが慎平と瑞穂に言った。

「お二人もお元気で、末永くお幸せに過ごしてください。」


《末永くお幸せに》、瑞穂と僕が末永く幸せに……、みさの言った言葉が頭の中でぐるぐる回って、慎平は瑞穂の顔をまともに見ることができなかった。

でも瑞穂はそんなことを気にする様子もなく慎平に話しかけた。

「慎平君、わたしたちも行きましょう。わたしたちの行く道はこっちかな?」

瑞穂はそう言って細い道を歩きだした。

「瑞穂、一つ聞いてもいいかな?」

「どうしたの?」

「僕たち、江戸時代に来ているんだよね。僕たちが来たことで、歴史が変わったなんてこと、あるかな?」

瑞穂が落ち着いて答えた。

「ああ、そのことね。それなら多分大丈夫だと思うの。すずさんと藤吉さんは、おかあさんたちの帰りが遅いので和賀之島に迎えに行くことにした。そこで源太さんと半助さんに会い、おかあさんたちが悪者につかまっていることを知った。源太さんはおかあさんたちを助け出し、みんなは海の中の道を通って島から逃げ出すことができた。ね、大丈夫でしょう。わたしたちは、少しお手伝いをしただけ。」

「たしかに！」

確かに瑞穂の言うとおりだ。瑞穂や慎平がいなくても、みんなはおかあさんたちを救い出し、島から脱出することができたのかもしれない。瑞穂には最初からこうなることがわかっていたのか？

「でもね、とんでもないアクシデントがあったの。」

「えっ！」

「わたしが小屋でお守りを落としてしまったこと。そして慎平君がわたしを助けにきてくれて、命がけで海を歩いて行ってくれたこと。」

「あの時、もし海を渡れなかったら、僕たちはどうなっていたんだろう？」

慎平が独り言のようにつぶやいた。

「それはわたしにも全然わからないの。でもね……、わたし、慎平君が助けに来てくれるって、ずっと思っていたよ。必ず来てくれるって信じていたよ。」

瑞穂は少し恥ずかしそうに言った。

しばらく歩いていくと、前のほうにトンネルの入り口が見えた。

瑞穂があわてて言った。

「慎平君、たいへん！　トンネルの入り口が小さくなっているみたい。トンネルを抜けられないと、もとの世界に帰れなくなっちゃう。」

「なんだって、それは大変だ。急いで行こう。」

慎平は瑞穂の手を取って思い切り走った。そして二人はトンネルの中に飛び込んだ。

(七)

月曜日、放課後の部活動が終わり、慎平は友だち数人と一緒に帰るところだった。

正門のところまで来て忘れ物をしたことを思い出し、教室に一人で戻った。友だちに追いつこうと急いで正門のところまで来ると、草むらの中でカサコソ、カサコソという音が聞こえた。慎平は、ついこのあいだもこんな音を聞いたことがあったような不思議な気分になったが、記憶があいまいでよく思い出せない。

カサコソ、カサコソという音は、北側のほうに移動しているようだった。その音にみちびかれるように歩いて行くと、展望台で一人の少女が海のほうを見つめて立っていた。あれ、瑞穂じゃないかと慎平は思った。

杉田瑞穂は、中学二年生の時に別の中学校から慎平の通う中学校に転校してきた。慎平も父の仕事の関係で、小学校の六年生の時にこの地域の小学校に転校してきた経験があった。同じ転校の経験のある二人は自然に仲良くなり、《みずほ》《しんぺいくん》と名前で呼び合うようになっていた。同じ高校に進学してクラスは別々になったが、時々会えば何でも話せる友だちだった。

慎平は展望台に近づいて、

「瑞穂！」と声をかけた。

瑞穂は驚いたように慎平のほうを見たが、何も言わずにまた海のほうに視線を向けた。

慎平は展望台に上がって、瑞穂に声をかけた。

「瑞穂、どうしたの、こんなところで？」

瑞穂は目にいっぱい涙をためていた。ハンカチで涙をぬぐいながら、うつむいたまま言った。

「慎平君、ごめんね。変なところ見られちゃった。」

慎平は、瑞穂の涙を見てドキッとした。ついこのあいだ、こんなことがあったような……。

「瑞穂……、テニス部のキャプテン……」

慎平の口から、思わず出たことばだ。

「えっ！」

瑞穂は驚いて言った。

「わたしがテニス部？　どうしたの？　わたしバスケ部だよ、知っているでしょう。」

「そうだよね、何を言っているんだろう、僕。」

慎平は慌てて言った。

「それにわたし、キャプテンなんかじゃないし。いつも補欠で、試合に出られないことのほうが多いんだから。」

そうだ、瑞穂は普通の女の子だ。慎平が気軽に声をかけてもいつも笑顔で答えてくれる、とても身近な存在じゃないか。

でも、今日の瑞穂はいつもと違う。海を見つめて涙をためている。

慎平は瑞穂にそっと声をかけた。

「瑞穂、なにかあった？」

瑞穂は海のほうを見つめたまま小さな声で話した。

「慎平君……。運命って、やっぱりあるのかな？」

「運命？」

「あのね……、おとうさんが入院することになったの。前から具合が悪そうだったんだけれど、昨日、入院して手術をするって、おとうさんから聞いた。手術をすれば大丈夫だって、笑いながら言ってた。でも、おとうさんの顔、無理に笑おうとしてひきつってたの、わたしわかった。」

瑞穂は一つ一つのことばを言うのがとてもつらそうだった。

「おかあさんが、夜、泣いていたの。わたしにはちゃんと話すって言っていたけれど、おとうさんの具合、あんまりよくないんだ、きっと。」

慎平は一緒に海を見つめながら、じっと瑞穂の話を聞いていた。

「ごめんね、慎平君、こんな話をしてしまって。わかっているんだ、わたしがこんなにくよくよしてちゃ、いけないんだよね。きっと一番つらいのはおとうさんだろうし、そのおとうさんが何とか笑おうとしているんだから、わたしも元気出さなきゃいけないって。

でもね、何でわたしのおとうさんがそんな病気にならなければいけないんだろうって、つい思ってしまうの。それってやっぱり運命なのかな？　でも、わからないよね。わたしだっていつ病気になるかもしれないし、事故にだってあうかもしれない。この世界からすっと消えてしまうかもしれない……」

「そんな……」

慎平は思わず声をあげた。

「いま見ているこの海の景色みたいにね、ずっと変わらなければいいのにね。なんでみんな変わってしまうんだろう。」

その時、慎平は瑞穂のカバンについているお守りに気づいた。ついこのあいだ、どこかで見たようなお守り……。

「瑞穂、そのお守りは？」

「あっ、これね、このあいだ、おとうさんから渡されたの。《家内安全》のお守り。家内安全って、家族がみんな事故や病気がなく元気でいることでしょう。でも、お祈りしてもしょうがないよね。事故や病気って、いつ起こるかわからないし、そうなったらなったで、仕方がないと思うしかないのかな？」

瑞穂はそう言いながらも、お守りを人差し指でやさしくなでていた。

「実はね、土曜日の帰りもここにきてぼんやりしてたんだけど……、夜になってお守りがないことに気がついたの。日曜日の朝にここに来たら、お守りがちゃんとあった。」

「瑞穂、お守りがあってよかったね。おとうさんから渡されたお守り、大事にするんだよ。」

慎平の口からそんなことばがこぼれ出た。

瑞穂は慎平の横顔をじっと見つめた。いつも冗談を言い合っている慎平とはちょっとちがう、きりっとした横顔がそこにあった。

「うん、お守りは大切にする。大事なお守りだもんね。」

その時、瑞穂の手から一枚のメモ用紙が滑り落ち、慎平の足元にひらりと舞い降りた。

「瑞穂、これ。」

慎平は瑞穂にメモ用紙を手渡した。

「ごめん。わたし、どうしたんだろう？　大切なものを落としてばかりいて。これね、昨日おとうさんが書いていたのをもらってきたの。」

瑞穂はそう言って慎平にメモ用紙を見せた。そこにはアルファベットの《Y》の字が大きく書かれていた。

「これ、ワイ？」

「おかしいでしょう。わたしも聞いてみたの。おとうさんは学生時代を京都で過ごして、川が《Y》の字になっているところをよく散歩したんだって。病気が治ったらもう一度ゆっくり歩いてみたいって言ってた。」

「えっ、京都！　その川って、もしかしたら鴨川？」

「そう、鴨川って言っていたけれど……、慎平君、知っているの？」

「やっぱりそうか。その《Y》のところ、鴨川デルタって言うんだ。」

「鴨川デルタ？」

「うん、二つの川が合流して一つの川になるところなんだ。僕ね、小学生の時、とうさんの仕事の関係で三年間だけ京都にいたんだ。この近くに大きな神社があってね、その近くに住んでた。」

「えっ、本当に?」

「うん、静かないいところだよ。」

「そうなんだ。海をぼんやり見ていたらね、何となくこのメモ用紙のことを思い出したの。川は、こうやっていくつもの流れを合わせていって、いつかは海にそそぐんだよね。」


今まで西の空でキラキラ輝いていた太陽が、その光を少しずつオレンジ色に変えていった。瑞穂は次第にオレンジに染まっていく景色を目を細めて見つめていた。

「瑞穂、一緒に京都に行こうか?」

「えっ、どうしたの? 急に。」

「一緒に鴨川デルタを見に行こうか?」

「えっ、でも京都なんて遠いし……、泊まるわけにもいかないし。」

「日帰りで行くんだよ。新幹線で行けば二時間くらいで行かれる。鴨川デルタは駅からそんなに遠いところではないから、朝早く出れば日帰りでも少しはゆっくりできるよ。」

「そうなんだ……」

瑞穂は少し考え込むようにした後、慎平のほうを見て言った。

「わたしが鴨川デルタに行ってきたって言ったら、おとうさん、きっと驚くだろうな。そんな話をしたら、おとうさん、少し元気が出るかな？　わたしもおとうさんが学生時代に散歩していたところを見てみたい、行ってみたい。慎平君、一緒に行ってくれる？」

「うん、ちゃんと案内する。」

「うれしいな。でも、わたしたちって、今まで二人でどこかに出かけたことってないよね？」

「うん、たしかに。」

「初めてのデートが京都？」

「えっ！」

「いいねえ、一緒に行こうね、きめた！」


もうすぐ海に沈もうとしている夕陽があたり一面をオレンジ色に染め上げている。空も海も、木々もお寺の屋根も、みんなオレンジ色に染まっている。

「わたしね、一人でいるのがとてもこわかったの。慎平君に会えて本当によかった。慎平君、ありがとう。」

「瑞穂、行こうか。」

瑞穂は大きくうなずいた。二人は肩を並べて、駅への道を歩いて行った。

枝垂れ桜と瑠璃（るり）の空

江戸時代も中ごろを過ぎると、社会も安定し各地に町が形成されてにぎわうようになった。武士の暮らしは身分や格式に縛られ窮屈なものだったが、町人の暮らしは比較的自由だった。このころ町人の間でも、仕事や商売をするうえで文字の読み書きの必要性が認識されるようになり、各地に盛んに寺子屋がつくられ、多くの子どもたちが寺子屋で読み書きを習うようになった。

これはそのころの相模の国の、とある宿場町での物語である。

（一）

春のあたたかい風がやさしく流れていた。まだ朝早い時間だ。通りを歩いている人は誰もいない。朝の光が木々の葉をやさしくゆする風に合わせて、木漏れ日の形を少しずつ変えていた。

光に満ちた朝だった。春の初めのころはうす曇りの日も多い時期だが、きょうは雲一つない青空が広がっている。青空の青の色もいつもよりずっと濃く、深いように感じられた。

《瑠璃（るり）の色か。》

信吉（しんきち）の心の中に、ふとそんな言葉が浮かんだ。

《わたしたちはいつもこの瑠璃色の空に見守られて、毎日笑顔で生きていけるのです。瑠璃の光の下では、生きとし生けるもの、みな同じように尊いものなのです。》

母は時々そんなことを言っていた。

この先の宿場にある取引先の店まではかなりの距離だ。ゆっくり朝の光を浴びていたいところだが、そうもしていられない。信吉は足早に先を急いだ。

街道のわきの石段を三段ほど上がったところに、小さな薬師堂があった。もとは大きな寺の一つのお堂であったが、寺は廃寺となったものの、この薬師堂だけは地元の人々の信仰を集め守られていた。

信吉はふと足を止めた。その薬師堂の前で、一人の女の人がじっと手を合わせている。

《こんな早い時間に……》

薬師堂のわきに一本の枝垂れ桜の木があり、いまが満開だった。桜の花びらが一つ二つ、三つ四つとやわらかな春の風に揺られながら、ふわりふわりと宙を舞っている。花びらの一つが、女の人の髪にかすかに揺れながら舞い降りていった。朝の光が差し込む中で、枝垂れ桜の一本一本の枝は、一心に祈る女の人をそっと包みこみ見守っているように見えた。信吉は、まるで一枚の美しい錦絵を見ているような錯覚にとらわれ、魔術にでもかかったように体が動かなくなり、じっとその場に立ちすくんでしまった。

しばらくして女の人は体を起こし、今度は横のほうを向いて手を合わせた。それはあたかも枝垂れ桜の木に祈りをささげているように見えた。それから女の人は青空を見上げ、もう一度手を合わせた。女の人の横顔がちらっと見えた。信吉はどきっとした。

女の人は振り向いて歩きだそうとしたが、その瞬間、じっと女の人を見つめていた信吉と目があった。若い娘だった。娘は信吉がいることがわかるとすぐに目を伏せて、そのまま急ぎ足で歩き去って行った。

《若い娘がこんなに朝早く薬師堂にお参りするとは……、もしかしたら身内に病の者でもいるのか？》

信吉と目があった時の娘の驚いたような、はにかんだような面影が信吉の心の中から離れなかった。

桜の花は風に散ってしまうが、もちろんそれが終わりではない。花の後には、葉を広げ実をつけて命を紡いでいく。

信吉は数年前のことを思い出した。

信吉の家の近くに小さな神社があり、一本の桜の木があった。母はその桜の花を見ることを毎年楽しみにしていた。

《今年もこの桜の花を見ることができたわねえ。》

そう言いながら桜の花を見つめる母は、一年を安寧にすごせたことを桜の木に感謝し、これからの日々も穏やかにすごせることを祈っているように思われた。

ある年の秋、母は病に倒れた。母は自分の命がもうそれほど長くはないことを悟ったのか、

《来年の桜は、もう見られそうにないわねえ。》

そう寂しそうにつぶやいた。年を越しもう少しで桜の花が咲くかというころに、母は桜の花を見ることなく逝った。

人は桜の花をめで、桜の花の下で宴を催す。桜の花が散るさまを見て、ゆく春を惜しむ。

信吉は母を看取ってから、その次の年も、そしてまたその次の年も、桜を見ても何の感情も覚えなかった。満開の桜の花を見ても美しいとは思わなかったし、風に桜の花が散るさまを見ても一つの景色としてぼんやりと見ているだけだった。

ただ、いま薬師堂で見た枝垂れ桜の花は確かに違っていた。信吉は胸がどきどきするのをおさえられずにいた。

（二）

「おかあさま、きょうもゆいおねえさんのところに連れていってくださるのですね。」

みよは母の手をしっかりと握りしめながら言った。

「そうですよ、みよ。ゆいおねえさんのところにお伺いするのは、きょうで二度目ですね。またゆいおねえさんにいろいろなことを教えていただきましょうね。」

みよの母、たきはみよの小さな手を握りながらゆっくりと歩いた。

みよは今年で八つになるが、幼いころから目が見えなかった。明るいところと暗いところは何とか区別できたが、ものをさがしたりする時はほとんど手探りだった。ただ勘はよいほうで、慣れたところでは見えているのではないかとまちがえるほど自然に動くことができた。

それでも、敷居でつまずいたり、柱に顔をぶつけることも時々あり、そんなときのみよの表情はあまりに痛々しかった。

みよはそんな時でも唇をじっとかみしめて痛さをこらえ、決して泣かなかった。ぶつけて痛い思いをするのは自分の不注意のせいだから仕方がないと自分に言いきかせているようだった。

みよの手は小さかった。とても暖かかった。たきは、この子の手のぬくもりはこの子が精一杯生きているあかしだと思った。


たきは初めてみよをゆいさんのお宅に連れて行ったときのことを思い出していた。はじめてゆいさんのお宅を訪ねようとしたとき、みよは不安でいっぱいで、足がなかなか前に進まなかった。そんなみよを励ますようにして、やっとのことでゆいさんのお宅にたどり着いたのだった。

「こんにちは、みよちゃん。きょうは遊びに来てくれてありがとう。一緒に楽しく遊びましょうね。」

ゆいさんの家についてからもずっとうつむいていたみよだが、ゆいさんの声を聞いたときとても驚いたようにさっと顔を上げた。そしてにこっとほほ笑んだ。ゆいさんの声はみよにとってはとても心地よいものに感じたのだろう。

ゆいさんは鈴の入った六つのまりを用意してくれていた。まりを手に持って振ると、中に入っている鈴がちがうのか三種類の音がした。音によってまりの大きさも少しずつちがっていた。

みよはまりを順番に振ってみて、「このまりとこのまりが同じ音。それから、このまりとこのまりも同じ音かな？」と、鈴の音のちがいをすぐに聞き分けた。

みよは音のちがいに敏感で、鈴の音を聞き分けることにとても興味を示した。同じ音のまりを探してみたり、ゆいさんとまりのころがしっこをしたりして遊んだ。

驚いたことに、みよはこのまりを使って自分で遊びを考えた。音のちがうまりを横にならべて、順番にまりを振りながら鈴を鳴らした。

「ほら、かわいいお歌ができたよ。」とうれしそうに言った。

まりの順番を変えてまた新しいお歌を作ったりした。

こんなに生き生きと遊ぶみよを、たきは今まで見たことがなかった。ずっとにこにこ笑っていたが、その笑顔は自分で考え自分でできたという自信に満ちた笑顔だった。

ゆいさんは、「すてきなお歌ができたね。おねえさんはお歌を作ることなんて思いもつかなかった。みよちゃん、すてきな遊び方を教えてくれてありがとう。本当にみよちゃんはすごいね。」

ゆいさんにほめてもらって、みよはいよいよにこにこだった。自分でできたという喜び、それを初めて会ったのに自分を受け入れてくれた人にほめてもらったという喜び、そんな喜びをみよは生まれて初めて感じていたのかもしれない。

ゆいさんの家からの帰り道、みよはご機嫌だった。

「こんどはいつ、ゆいおねえさんのところに行けるの？」と何度も聞いた。

みよが自分の気持ちをこんなにも素直に言葉にしたのは、この時が初めてではないかとたきは思った。そんなみよを見て、この子のために自分ができることがあるのならもっといろいろとしてあげたいと、たきは強く感じていた。

みよには二つ上の兄がいた。兄は毎日のように寺子屋に通い、元気にすごしている。大変活発で賢い子だった。

みよは目がほとんど見えないので寺子屋にも行かれず、ずっと部屋に閉じこもっていた。

みよの父である辰吉（たつきち）は、そんなみよをかわいそうに思って、兄と同じようにみよをかわいがっていた。

しかし、みよの祖父にあたる甚兵衛（じんべえ）は違った。甚兵衛の中では、将来の跡取りとなる利発な男の子の孫と、目も見えず一人では何もできない女の子の孫とははっきりと区別されているようだった。

甚兵衛は、みよのことはわたしが何とかするからと言いながら、一方で家の恥になるからみよをあまり外に連れ出すなと言った。うちの親戚には小さなころから目の見えないものなど一人もいない、どうせ外に行っても何もできないのだから家においておけばいいと言うのだった。

みよが家の恥なのなら、そのみよを生んだわたしも家の恥なのだ、たきはそう思い心を痛めていた。

辰吉がみよのことを大切に思っていることは、たきにもよくわかっていた。ただ実際にお店を取り仕切っているのは甚兵衛で、辰吉は頭の固い父に対してはなかなかものが言えない立場だった。そんなこともあり、たきはみよのことを辰吉にも相談できずにいた。

＊＊＊

「にぎやかな声が聞こえますねえ。」

呉服商の近江屋のおかみ、とみは奥の部屋から聞こえてくる元気な声を聞きつけて、紙問屋の美濃屋のおかみ、さよに話しかけた。

「ええ、娘のゆいがね、小さな子と遊んでいるんですよ。ゆいまでまるで子どもになったみたいにはしゃいで。もう十六になるというのに、困ったものです。」

さよはことばでは困ったものと言いながらも、子どもの笑い声が聞こえてくるのがまんざらでもないようで、にこやかに話した。

さよととみは実の姉妹である。さよが姉、とみが妹だ。

姉妹の実家である紙問屋の美濃屋には男の子がいなかったので、さよが婿をとって家を継いでいる。とみは、呉服商の近江屋にとつぎ、今はおかみにおさまっている。

さよはどちらかと言うと控えめで、いつもまわりのことを気遣いながらすごしている感じだった。とみはそんな姉とは正反対に思ったことはどんどん言う性格で、進んで動き回る活発な娘だった。

さよは初めに男の子を授かったが、生まれた時から体が弱く、その子は生まれて三か月ほどで亡くなってしまった。あまりに短い命だった。最後に抱き上げた時の体は暖かかったが、そのあまりの軽さにさよは立ち尽くすばかりだった。

《わたしのもとに生まれてきてくれたのに、何もしてあげることができなかった。生まれてからの三か月間、泣いてばかりできっとつらかったのね。ごめんね。ごめんね。》

しばらくの間、さよは悲嘆に暮れていたが、それから三年ほどして女の子を授かった。それが、ゆいである。

ゆいも生まれた時から体が弱く、熱を出して寝込むことが何度もあった。十四の時には何日も熱が続き、食べるものものどを通らず、生死の境をさまよった。

そのときは医者にももうだめかも知れないと言われたが、ゆいは何とか回復した。ゆいが毎日無事にすごしてくれているだけでも、さよにとってはありがたいことだった。

とみは、二人の男の子を授かり二人とも元気にすごしている。とみは本当はもう一人女の子もほしかったのだが、その願いはかなわなかった。そんなこともあり、とみは姪にあたるゆいを自分の娘のようにかわいがっていた。

「遊びに来ているのは、近くのお子さん？」と、とみが姉のさよにたずねた。

「いえね、ちょっと事情のある子で……。小さな時から目が見えないそうなんですよ。ちょっとした知り合いの方から、その子の話を聞きましてね。その子は目が見えないのでどこにも出かけられずに、ずっと部屋に閉じこもっているそうなんです。そんな話を家でしたら、ゆいがね、わたしがその子と遊びましょうと言いだしたんですよ。まさかゆいがそんなことを言いだすなんて、わたしも驚きました。ゆいも小さなころから体が弱くてずっと家ですごしていたので、その子のことをかわいそうに思ったのかもしれませんね。

それでね、知り合いの方に話してみたら、話がどんどん進んでしまって、先月一度、おかあさんと一緒に遊びに来たんですよ。そうしたら、その子がね、みよちゃんというんですが、ゆいのことをとても慕ってくれて、楽しく遊べたみたいなんです。それで、きょうまた来ることになって、きょうで二度目なんですよ。」

とみは姉のさよの話を聞いて少し驚いたような表情を見せた。

「目の見えない子と遊ぶなんて、いったいどうやって遊んでいるんでしょうね。ゆいさんもたいへんね。」

「わたしもずいぶん心配したんですよ。でもね、ゆいが《大丈夫だから》って言うんです。一生懸命縫物をしたり、紙で何かを作ったりして準備をしていたみたいですけれど。」

「でも、ゆいさんはとてもやさしいから、小さい子もゆいさんとなら安心できるのかもしれませんね。」

「みよちゃんのおかあさんもとても喜んでくれて。

何か事情があって、今まであまりみよちゃんを外に連れ出すことができなかったようなんです。《みよがこんなに元気に遊ぶ姿を見たことがない》って、おかあさんも喜んでくれています。」

「ゆいさんも、もう十六よね。ゆいさんはきれいだから、いいお話もたくさんあるのでしょう。」

「いえいえ、とんでもない。心配はしているのですけれど。十四の時に、大きな病気をしたでしょう。それから気持ちがとても弱くなってしまったみたいで……、結婚の話をすると涙をためてずっとうつむいてしまうんです。ゆいは小さなころから病気がちでずっとつらい思いをしてきたので……、この上結婚のことでつらい思いをさせるのもしのびなくて……」

「だんなさまは何ておっしゃっているのですか？」

「うちの人もね、とても心配をしているのですけれど。ゆいが十五の時に、あるお武家様からのお話がありましてね。一度別のお武家様の養女にしていただいて、そこからお武家様のところに嫁ぐというところまで話が進んでいました。その話をゆいにしたら、ゆいはとても悲しんで、それから寝込んでしまったんです。」

「まあ、もったいない。うまくいけばお武家様の奥方様になっていたところですね。」

「でも、ゆいにその気持ちが全くなくて。お武家様からのお話なので断るというわけにもいかず、何とかお話をおさめていただくのにうちの人も大変苦労していました。それからはゆいの結婚も半分あきらめたようで、今は何とか元気でいてくれればと思っているようです。」

「まあ、ねえさん、そんなことはありませんよ。ゆいさんはあんなにやさしいのだから、きっといい人が見つかりますよ。」


さよととみの姉妹がそんな話をしているところに、「おかあさま、すみません。」と言って、ゆいが声をかけた。

さよは、「はい」といって障子を開けた。

「おかあさま、みよちゃんとおかあさんがお帰りになります。」

ゆいの隣にはにこにこしているみよと母のたきがいた。

さよはみよに話しかけた。

「みよちゃん、きょうも楽しかった?」

「はい、とても楽しかったです。きょうは折り紙を教えてもらいました。これ、みよが作ったお花、きれいでしょう。」

みよはそう言って手に持っていた折り紙の花を見せた。

「まあ、このお花、みよちゃんが作ったの？　きれいにできましたね。おうちに帰ったらお部屋に飾ってね。」

「はい、ありがとうございます。あと、鬼退治もしました。」

「鬼退治？　それは勇ましいわね。鬼は退治できましたか？」

「はーい、みよが鬼をやっつけましたー。」

みよが元気な声で言った。その声があまりに大きかったので、たきはすまなそうに言った。

「すみません、娘が急に大きな声を出してしまって。娘は家では大きな声を出すどころか、あまり話もしません。ふだんはあまり笑わない子なんですが、ここへお邪魔して、ゆいさんと一緒にいるととてもうれしそうなんです。ふだんはあまり笑わない子なんですが、こちらで遊んでいるときには、にこにこしながら大きな声で笑っています。本当にゆいさんにはいろいろ教えていただいて、ありがたく思っています。」

「そうですか、それはよかった。みよちゃん、また遊びに来てくださいね。」

「はーい、ありがとうございます。」

みよはまた大きな声で元気に言った。たきは何度もお辞儀をしながら、みよの手を引いて帰っていった。

＊＊＊

たきとみよが帰った後、とみがゆいに話しかけた。

「ゆいさん、こんにちは。お師匠さんのお仕事も、とてもいそがしそうね。」

ゆいは少し照れくさそうに言った。

「おばさま、こんにちは。お師匠さんだなんていやですわ。ここは寺子屋ではありません。わたしはみよちゃんと一緒に遊んでいるだけです。

みよちゃんはここへ遊びに来るのを本当に楽しみにしてくれているようで、わたしもうれしいです。ここに来た時はみよちゃんのおかあさんも、みよちゃんが遊ぶ様子を一緒に見てくださるんです。みよちゃんのおかあさんが、《わたしはみよとどう接したらいいのかわからなかった。ゆいさんにいろいろ教えていただいています》なんておっしゃるんです。母親なのにね、そんなことないですよね。」

「いいえ、ゆいさん。それは本当の気持ちかもしれませんよ。母親だからこそわからないということもあるかもしれません。それにね、みよちゃんはここに来てとても大切なことを学んでいるのかもしれません、ねえ、おねえさん。」

とみはゆいの母のさよに同意を求めるように声をかけた。さよは何も言わなかったが、大きくうなずいてほほ笑んだ。

「おばさま、そんなことはありません。わたしは、何かを教えているわけではないし、何かをおぼえさせているのでもないので。」

「でもね、みよちゃんの笑顔を見ていると、何かを覚えることよりももっと大切なことをここで学んでいるような気がするわねえ。みよちゃんと接するときに何か気をつけていることはあるんですか？」

ゆいは少し考えるようにしてから話した。

「みよちゃんは目が見えないというだけでほかの子と同じだと思うので、特別はないのですけれど……。そうですね、声をかけるときはなるべく正面から話すようにしています。それから、みよちゃんの手をとって遊ぶこともあるのですけれど、突然触れられるとびっくりすると思うので、手をとる時は必ず声をかけてから手に触れるようにしています。あと、まわりの様子がよく見えないようなので、まわりの様子を言葉で説明して、なるべくまわりには物を置かないようにしています。」

「まあ、それだけしてもらえれば、みよちゃんもきっと安心よねえ。それにゆいさんの声はとても柔らかくて聞きやすいので、聞いた人も安心すると思うわ。」

「おばさま、そんなことはありません。わたしなどは……」

「みよちゃんが折り紙をしたと言っていましたが？」

　母のさよが聞いた。

「みよちゃんはとても勘のよい子なので、いろいろな折り方を覚えられて、そう、きょうは花を作ったのですけれど、何度か練習すればつるも折れるようになると思います。」

「まあ、見えないのにつるが折れるんですか？」

　とみが驚いてきいた。

「そうですよね。実はわたしも見えなければむずかしいだろうと思って、一度目を閉じてつるを折ってみたのです。そうしたら目を閉じていてもちゃんと折ることができたんです。」

「本当ですか？　でもゆいさんは手先が器用だから……」

「いえ、折り紙は見えなくても、指が覚えているというか、それでできてしまうのですね。見えなくてもできることっていっぱいあるんだなと、みよちゃんに教えてもらいました。」

「さっき、みよちゃんが鬼退治をしたと言っていましたね。」

「鈴の入ったまりをころがして、鬼にあてる遊びなんです。鬼にも別の音がする鈴をつけておいて、まりが当たると鈴の音でわかるようにしたんです。」

「まりの中に鈴を入れるというのはよい考えですね。」

とみが感心してゆいに言った。

「わたしが鬼の後ろで手をたたいて、鬼の場所を教えたんです。みよちゃん、何度もまりをころがしたんですけれどなかなか鬼に当たらなくて……、みよちゃんが泣き出しそうになってしまったんです。」

「まあ、それはかわいそうに。」

「ええ、わたしもちょっと困ってしまって、もっと近くからころがしていいよと途中で言ったのですけれど、近くからころがすのは嫌だったみたいで、ここからでいいって聞かなかったんです。」

「みよちゃんは、ずいぶんがんばり屋さんなのですね。」

「そうなんです。それでやっと鬼に当たった時は、本当にとび上がって喜んでいました。」

ゆいは嬉しそうに話した。

「鬼の人形はね、わたしが紙で作って、折り目をつけて立つようにしたんです。おばさま、見てください、この鬼、よくできているでしょう。」

ゆいは自分が作った鬼をとみに見せながら言った。

鬼の顔には眉毛と目、鼻、口のところに別の紙が貼ってあり、触ってわかるようになっていた。

「これが、ゆいさんが作った鬼ですか？」

「はい。」

ゆいは、自信たっぷりに言った。

とみはその鬼を見ると思わずくすっと笑ってしまった。とみはその鬼をさよに見せた。さよも鬼を見て思わずくすっと笑った。

普通の鬼は眉毛も目も吊り上がっているものだが、ゆいの作った鬼は眉毛は八の字、目もたれ気味だった。口もへの字ではなくにっこり笑っているように見える。一応角らしきものがあるのだが、猫の耳のようにかわいらしい角なのだ。

「この鬼、おかしいですか?」

二人が鬼を見て笑いだしたので、ゆいが不安そうに聞いた。

「ごめんなさいね、笑ったりして。とてもかわいらしい鬼だこと。こんな鬼だったら、退治してしまうのはかわいそうね。ゆいさんが作ると鬼もかわいくなるわね。」

とみがやさしく言った。

「きょう、帰りがけにみよちゃんに智恵の板に触ってもらったんです。そうしたらみよちゃん、とても面白そうにして、板をいろいろ並べていました。でも、みよちゃんが、板が小さくてわかりづらいと言うのです。」

智恵の板は、この時代、子どもたちがよく遊んだ遊びである。

正方形の板を、三角形や四角形など七個の形に切り分けたもので、この七個の板をいろいろに並べて形を作るあそびだ。手本となる形は《ふじ山》や《三重塔》などたくさん考案されていて、七個の板を組み合わせて手本と同じ形を作る。

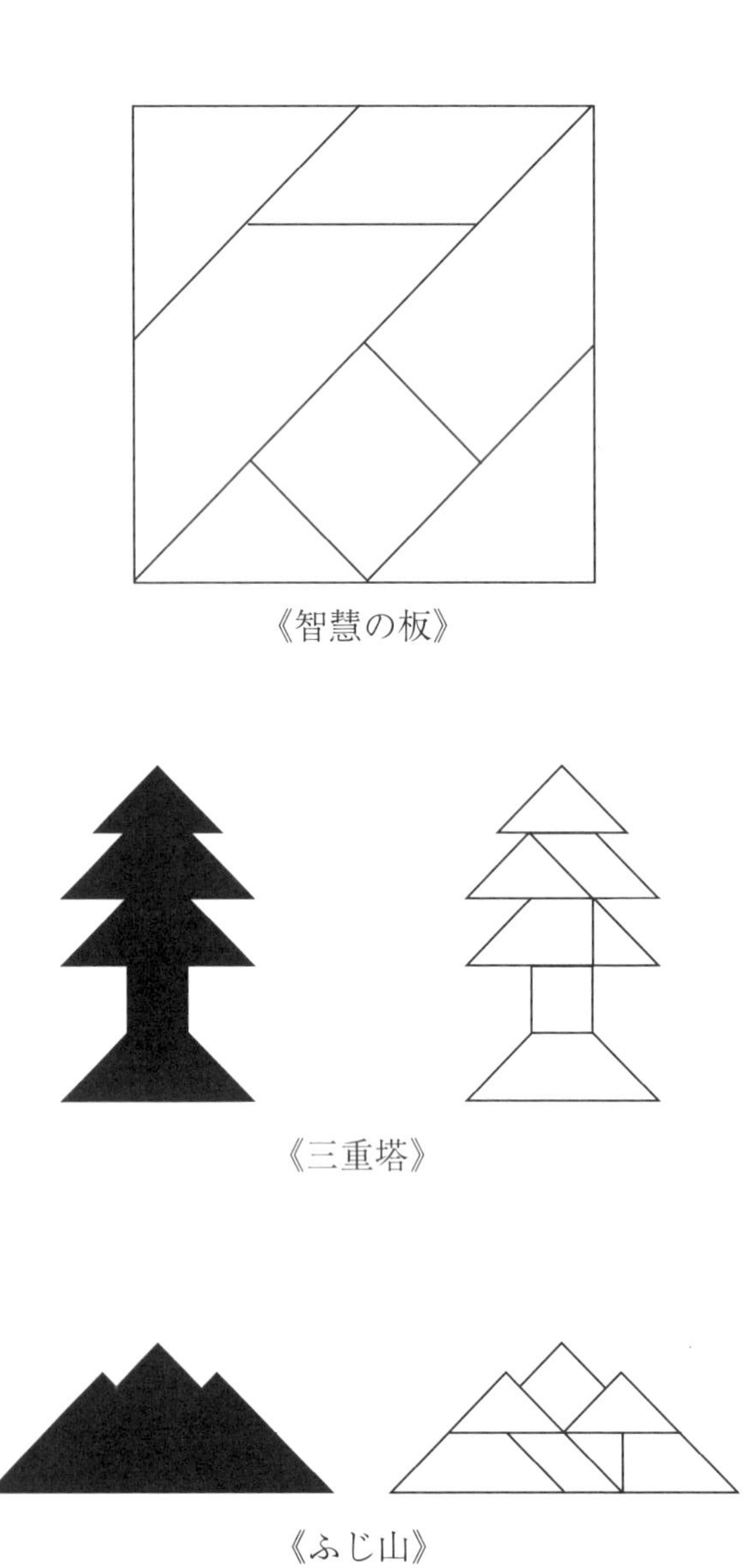

《智慧の板》

《三重塔》

《ふじ山》

「見えないと手本の形がわからないわね。それはどうやって教えるの？」と、さよが聞いた。

「そうなんです、それをどうしたらいいのか考えているところなんです。それに板が小さくて触っているとすぐに動いてしまうんです。もう少ししっかりとした大きな板があると、見えない子でも遊べるのかなと思うのですけれど……」

「そうですね。でもそういうのはなかなかないですね。」

「そうですよね。」

ゆいも考え込むように言った。

「ゆいさん、ないのなら作ればいいじゃないですか。」

とみが突然そんなことを言いだした。

「えっ、おばさま、作るなんてそんな……、紙を切ったり布を縫ったりするのならできますけれど、板を切ったり削ったりなんて、わたしにはとてもできません。」

「そうか、そうよね……」

とみはしばらく考えてから、さっと顔を上げて手をたたきながら話した。

「そうだ、知り合いに大工さんがいるから、相談してみましょうか？」

「えっ、大工さん？　家を建てる大工さんですか？」

「そう、その大工さんなんだけれど、その親方のところに、主に指物（さしもの）をしている職人さんがいるって聞いたんです。」

「指物？」

「木を指し合わせてね、たんすや箱物、机などを作る職人さんのようなの。そういう職人さんなら、きっといいものを作ってくれるかもしれないわ。」

「おばさん、本当ですか？　そんな職人さんを紹介していただけるんですか？」

ゆいは身を乗り出すようにして聞いた。

「とにかく大工の親方に聞いてみるわね、ゆいさんがこんなにがんばっているのだもの、わたしも何かしてあげたいのよ。」

ゆいは胸がわくわくするのを感じた。顔が広いおばさんのことだ、きっといい人を紹介してくれるだろう。みよちゃんには、みよちゃんにあったものを作ってあげたかった。普通のものをそのままでは使えなくても、少し工夫をすれば見えなくても遊べるようにできる。

ゆいの胸は期待に膨らんだ。

(三)

それから数日して、使いの者を通しておばさんから便りが届いた。

《大工の親方が指物の職人を紹介してくれました。美濃屋さんに行かせるそうです。口下手で愛想が悪くかなり無骨な男の人ですが、腕は確かだそうです。相談してみてください。》というものだった。

母からその話を聞いてゆいは大変困惑した。口下手で愛想が悪い男？　かなり無骨な男？　そんな人がわたしの話など聞いてくれるのだろうか？　子どもの遊びのことなど考えてくれるのだろうか？　鬼のように鋭く怖い目つきで相手を睨みつけ、大きな声で荒っぽくしゃべる職人の姿を想像して、ゆいは恐怖感をおぼえた。正直言って今すぐにでもこの話を断ってしまいたかったが、こちらから頼んでおいて断るというのもおばさまにあまりに申し訳ない。ゆいはおばさまにそんな話をしてしまったことをつくづく後悔した。

親方から、《美濃屋に行っておじょうさんの話を聞いてこい》と言われたときには、信吉は本当に驚いた。《家の普請のことで仕事をいただいた方からの話だから断れない。そのおじょうさんは今年十六になったそうだが、まあ世間知らずのおじょうさんのことだ、わがままなことを言いだすかもしれないがとりあえず話だけ聞いてくればいい》というのだ。

世間知らずのわがままなおじょうさん、もしかしたら自分の言うことは何でも通ると思っているかもしれない。キツネのようにとがった顔、キンキンとした声でまわりに命令するように話すおじょうさんの様子を想像して、信吉はぞっとした。何で自分がそんなおじょうさんの相手をしなければいけないのか、できれば断りたかったが、世話になっている親方の話を断るわけにもいかない。信吉は大変重い気持ちだった。

信吉が美濃屋を訪ねたのは、ふじの花がその甘い香りをあたりに漂わせ始めたころである。街道沿いにふじ棚をしつらえた神社があった。小さな青紫の花をたくさんつけたふじの枝は、あたたかさを増した風に静かに揺れていた。見ると、ふじ棚の中に木で作られた横長のいすがあり、おじいさんとおばあさんが並んで座っている。二人は何を話すのでもなく、ふじの甘い香りに包まれて音もなく過ぎていく時間の中に自分たちをゆだねているように見えた。ふじの花は天井から釣り下がる色鮮やかな幕のように、二人だけの小さな舞台を引き立てていた。

よく晴れた日だった。空はどこまでも青く晴れわたり、日の光がさんさんと降り注いでいた。どうしてこんな晴れやかな日に美濃屋になど行かなければならないのか、信吉の足取りは重かった。

親方には申し訳ないが、おじょうさんの申し出はわたしには無理ですとか何とか言って断ってしまおう。一応話は聞いたのだから義理は立つ、もう美濃屋を訪ねることはないのだからきょうだけ何とかやりすごそうと思っていた。

美濃屋につくと信吉は出迎えてくれたおかみさんにあいさつをした。

「はじめてお目にかかります。指物職人の信吉と申します。大工の棟梁からの紹介でまいりました。よろしくお願いいいたします。」

おかみさんは大変丁寧に信吉を迎えてくれた。

「きょうはわざわざお越しいただいて、本当にありがとうございます。娘がわがままなお願いをいたしまして申し訳ありません。どうか娘の話を聞いてやってくださいませ。」

おかみさんの物言いは大変控えめで、相手へのあたたかい心遣いに満ちていた。こんなにやさしそうなおかみさんなのに、なぜ娘はわがままになってしまったのか。いや、おかみさんがやさしすぎて甘やかしたから、娘がわがままに育ってしまったのかもしれないと信吉は勝手な想像をしていた。


ゆいは部屋で体を小さくして待っていた。きっと、怖い顔をした恐ろしい男がやってくるのだろう。なんでそんな男にわたしが会わなければいけないのか。少しだけ話をしてすぐに帰ってもらおう。いや、もしかしたら相手は、せっかく来たのにその態度は何だと怒りだすかもしれない。怒鳴り声を上げたらどうしよう。

信吉は視線を落としたまま、ゆいのいる部屋の中に入った。どうやらおじょうさんもうつむいているように感じられた。

「はじめてお目にかかります。信吉と申します。指物の仕事をしております。わたしで何かお役に立つことがありましたら、どうか何なりとお申し付けください。」

信吉は心にもないことを言ってしまったと思った。

きょう訪ねてくる男の声は、きっとどすのきいたしゃがれ声で、低く相手を威圧するような声だとゆいは勝手に想像していた。ところが、今聞こえてきた声は、とてもやわらかくあたたかみのある声だった。

ゆいは信吉の言葉を聞いて思わず、「えっ」と驚きの声を上げて、信吉のほうを見た。信吉も、「えっ」と言ったおじょうさんの声に驚き、視線を上げた。信吉とゆいの目がぴたりとあった。

ゆいは信吉を見てまた困惑した。声もやさしそうだったが、顔もとても穏やかな感じだった。少し驚いたようにこちらを見つめているが、目がとてもやさしそうだった。

「あの、どうかなさいましたか?」

信吉も驚いておじょうさんに声をかけたが、顔を上げたおじょうさんを見てさらに驚いた。

《おじょうさんがこちらを見ている。少し驚いたような表情だが、頬がふっくらとしていて、目元がとてもかわいらしい。わがままで高慢ちきな印象など全くないではないか。》

「あの、すみません、わたし、ゆいと申します。きょうは、遠いところから足を運んでくださいまして、本当にありがとうございます。」

信吉はおじょうさんの声を聞いてさらに驚いた。

わがままなおじょうさん、きんきんするような甲高く、人に命令するような話し方の声を勝手に想像していた。

とんでもない。今聞いたおじょうさんの声は、とてもやわらかだった。小さな鈴がそっと音楽を奏でるような、やさしい響きの声だった。聞く人をやさしく包み込むような声だった。

信吉は思わずゆいをじっと見つめてしまった。それに気づいたゆいは少し不安そうに言った。

「あの、どうかされましたか？」

「あの、実はわたしが思っていた方とは全くちがっていましたので……」

「えっ、それはどういうことですか？」

「いえ、たいしたことではありませんので……」

「実は、わたしも、信吉さんがわたしが思っていた方とは全く別の方だったので、とても安心いたしました。」

「えっ、それはどういうことでしょうか？」

「ごめんなさい、わたしが勝手に思っていただけなので……」

信吉は初めてゆいと目があった時に、《以前にこの人をどこかで見かけたことがある》と直感的に思った。いま、ゆいが二言三言話すときの表情を見て、それは確信に変わった。

「おじょうさん、一つ伺ってもいいでしょうか？」

「はい。」

「この先に薬師堂がありますが、しばらく前の、朝早い時間にお参りをしていらっしゃいませんでしたか？」

「はい……、実はわたしも、あの時お会いした方かなと思っておりました。その時は失礼いたしました。」

「とんでもありません。わたしこそ、お参りのお邪魔をしてしまい申し訳ありませんでした。あまりにも美しかったので、つい立ち止まって見とれてしまいました。」

突然《美しい》といわれて、ゆいは顔がほてるのを感じた。胸がどきどきと音を立て、その音が信吉に聞こえてしまうのではないかと思うくらい恥ずかしかった。

「まあ、美しいなどと……、そんなことは……」

ゆいは初めて話す相手に《美しい》などという言葉を自然に使う信吉に驚きを感じたが、どういうわけか少しもいやな気持ちはおこらなかった。

「いいえ、言葉では言い尽くせないくらいの美しさでした。この世のものとは思えませんでした。」

「そんなことは……」

ゆいはあまりの恥ずかしさに顔を上げることができなかった。

「あのように美しい桜の花を、わたしは今まで見たことがありません。」

「えっ！」

ゆいが驚いたように声を上げた。

「おじょうさん、どうかされましたか？」

「いえ、何でも……」

ゆいはそこまで言うのがやっとだった。自分の思い違いがとても恥ずかしかったが、それでもいやな気持ちは少しもおこらなかった。


ゆいは何とか気を取り直して信吉に言った。

「信吉さん、一つご相談にのっていただけますか？」

「はい、わたしでできることでしたら何なりと申しつけてください。」

この時のこのことばは、信吉の本心だった。このおじょうさんのために何か自分にできることがあるのなら、できるだけのことはしたいと思った。

「実はわたしのところに月に一度ほど遊びにくる女の子がいるのです。その子は八歳になるのですが、小さなころから目が見えなかったそうで、ずっと家に閉じこもっていてあまり外に出ることがなかったようなのです。でも一緒に遊んでみるととても勘のよい子で、それによく笑ってくれるんです。それで、わたしが子どものころに遊んだ智恵の板で遊べないかと思ったんです。」

「智恵の板？」

「はい、これです。」

ゆいはそう言って七枚の板を見せた。

「このあいだ遊びに来てくれた時に少し触ってもらったのですが、板が小さいようで……、それから板を並べてもすぐに板が動いてしまって扱いにくいようなんです。

信吉さん、どうしたらいいと思いますか？　もう少し大きな板だったらわかりやすいのかなと思うのですけれど、いかがですか？」

「この板ですね。」

信吉はそう言って、七枚の板を順番に触ってみた。それから目を閉じて、もう一度順番に七枚の板に丁寧に触った。そして目を閉じたまま七枚の板を並べ始めた。

信吉の指は太くがっしりとしたものだったが、指先の動きはとても滑らかで繊細だった。ゆいは信吉の指先が器用に動くのを驚きをもって見つめていた。信吉は目を閉じたままであっという間に七枚の板を組み合わせて四角の形を作った。

「まあ！」と言って、ゆいは驚きの声を上げた。

「目を閉じたままで、こんなに早く四角の形ができるなんて、どうしてそんなことができるのですか?」

「わたしは指物の仕事をしています。一枚の板をいくつかに切り分けることもしばしばあります。そんな仕事をしていますので、この七枚の板を見せていただいたときに、もとの四角い板がさっと頭に浮かびました。」

「そんな……、まるで手品のようでしたわ。」

「いえ、そんなことは……。それで確かにおじょうさんのおっしゃるように、小さな子どもが見ないで遊ぶには、もう少し大きいほうがいいかなとわたしも思いました。それから板を持った時の感じがとても軽いので、見えないということであればもう少し板が重いほうが手にしっくりときて扱いやすいのではないかと思います。」

「まあ、わたしは板の大きさのことは考えましたが、板の重さのことなど考えもつきませんでした。そのような板を作れるのですか?」

「はい、木を選べば作れると思います。」

ゆいは信吉のこの言葉を聞いて瞳を輝かせた。

「まあ、うれしい。あの、それから手本となる形をどう伝えたらいいのか考えているのですが、なかなかよい考えが浮かばなくて困っています。それに目を閉じて板を動かしていると、触った時に板がどうしても動いてしまって、板を並べていくのが難しいのです。」

「そうですか……」

　信吉はしばらく考えてから言った。

「そうですね、たとえば、大きめの板に手本となる形をくりぬいて枠を作っておくというのはどうでしょうか？　その枠に板をはめていって、手本となる形を作るようにします。枠を触れば、どんな形を作るのかがわかると思います。それに板をはめていくのであれば、触っても動かないようにできるのではないかと思います。」

「まあ、そんなことができるのですか？　わたしは少しも思いつきませんでした。その方法なら、手本となる形も伝えられますし、板も動かないようにできますね。信吉さんは、どうしてそのように素晴らしいことを思いつくのですか？」

「いえ、たいしたことではありません。普通に考えれば誰にでも思いつくことではないかと……」

　ゆいは信吉に《普通に考えれば誰にでも思いつくこと》と言われて、顔が熱くなるのを感じた。とても恥ずかしかった。そんなことも思いつかなかった自分がとても情けなく感じられた。それでも、そんなきついことを言った信吉に対しては、何の反発も感じなかった。

「申し訳ありません。考えがいたらなくて、すみません。普通に考えれば誰にでも思いつくことにも気がつかなかったなんて、とても恥ずかしいです。」

「おじょうさん、こちらこそ申し訳ありませんでした。言葉を選ばず勝手なことを言ってしまいました。どうかお忘れください。」

「信吉さん、そんなことはありません。わたしはただみよちゃんが楽しく遊べるものを作ってあげたいと願っているだけです。何か気がついたことがあったら何でも教えてください。」

ゆいは懇願するように言った。自分にはいたらないところがたくさんある、もっといろいろ教えてほしいと心から思った。信吉はそんな素直なゆいをとてもいとおしく思った。

「おじょうさん、いろいろ申し上げて恐縮なのですが……」

「信吉さん、なんでもおっしゃってください。」

「実は、もう一つ心配なことがあります。その、みよちゃんというお子さんは、小さな時から目が見えなかったのですね。」

「はい、そのように聞いています。」

「わたしたちは目で見て、ふじ山の形とか、お寺の三重塔の形とかを知ることができます。ふじ山とか三重塔とか、触って形がわかるものではないので、小さなころから見えないとそういう形を知らないかもしれません。」

「まあ、本当に、そうかもしれません。わたしは遊びのことばかりに気を取られていて、みよちゃんがその形を知っているかなど考えもしませんでした。」

「はじめは触ることができるものがいいかと思いますが……、そうですね。糸巻きなどはどうでしょうか?」

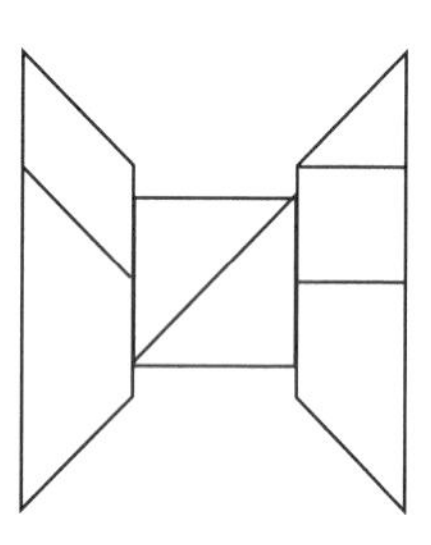

《糸巻》

「はい、この糸巻きなら形の似ているものが家にあると思います。実際に実物に触って、その形を作るところから始めたほうがいいですね。」

「それがいいと思います。だんだん慣れてきたら、触れないものでも、形を教えてあげればいいと思います。」

「大丈夫ですか？」

「はい、形に触りながらいろいろわかっていくということもあるかと思います。それから……」

「はい……」

「あっ、これは結構です。すみません。あまりに出過ぎたことで、おじょうさんにご迷惑かと思いますので……」

「信吉さん、お願いです、何でもおっしゃってください。」

ゆいは、いまにも泣き出しそうな声で言った。

「おじょうさん、本当に差し出がましいことなのですが……、もしご迷惑でなかったら、その子が板で遊ぶ様子を、おじょうさんと一緒にわたしにも見させていただけないでしょうか？　お子さんの様子を見させていただければ、またどんなものを作ったらよいのかを考えるときに役立つのではと思ったものですから。」

「まあ、本当ですか？　わたしと一緒にみよちゃんが遊ぶところを見てくださるのですか？」

「はあ、もしできれば……」

「そうしていただけると本当にうれしいのです。実は、わたしも目の見えない子と遊ぶのは初めてで、これでいいのかなと心の中で不安に思っていました。信吉さんにも一緒に見ていただいて、いろいろ教えていただけるととても心強いです。なにしろわたしは普通に考えれば誰にでも思いつくことにも気づかなかったものですから。」

「おじょうさん、そのことはどうかもう勘弁してください。」

「ごめんなさい、つい。」

遊ぶところを一緒に見たいと言う信吉の申し出は、ゆいにとっては願ってもないことだった。目の見えない子と遊ぶというのは自分から言いだしたことだから、そんなに人に頼るわけにもいかない。でも相談できる人がいるというのは本当に心強いものだった。それに、みよちゃんも信吉さんならすぐに慣れるだろうとゆいは思った。

　ゆいは少したためらいがちに言った。

「あの、それで、わたし、信吉さんに一つお願いがあるのですけれど……」

「はい、何なりと。」

「あの、先日桜の花のころに薬師堂でお会いしたでしょう。わたし、これから薬師堂にお参りに行きたいのですけれど、信吉さん、一緒に行ってくださいませんか？」

「先日おじょうさんをお見かけした薬師堂ですね。わたしでよければ、お参りのお供をさせていただきます。」

「まあ、うれしい。こんなわがままを言って申し訳ありません。」

　ゆいの笑顔は本当にかわいらしかった。

　信吉は思い出した。きょう自分は、自分勝手でわがままなおじょうさんの言うことなど聞くものかと思って、この店に来たのではなかったか。一緒に薬師堂にお参りに行ってほしいというおじょうさん。それは、信吉にとっては少しもわがままには思えなかった。かえっておじょうさんと一緒に薬師堂に行けることに信吉は胸の高鳴りを感じていた。


「おかあさま、すみません。」

　ゆいは母に声をかけた。

さよは信吉をねぎらうように言った。

「きょうはわざわざ来ていただいて本当にありがとうございました。娘が何かご無理なことを言いませんでしたでしょうか？」

「いえ、そのようなことはございません。」

信吉がはっきりとそう言ったので、さよは少し安心した。

「おかあさま、これから信吉さんとお薬師様に行ってきます。信吉さん、いま用意してきますからちょっと待ってください。」

ゆいはそう言って奥に入っていった。

さよはゆいが奥に行ったのを見届けると、少し心配そうな面持ちで信吉に声をかけた。

「あの、薬師堂に一緒に行っていただくなど、ご迷惑ではありませんか？」

「いえ、わたしでよければ薬師堂までお供をさせていただきます。お参りが終わりましたら、こちらまでお送りいたします。」

「まあ、本当にすみません。」

さよはさもすまなそうに言った。

「あの、信吉さん、一つお伺いしてもいいですか？」

「はい。」

「信吉さんはおいくつになりましたか？」

「わたしは、二十五になりました。」

「まあ、ゆいよりも十近く上なのですね。ゆいも、もう十六になるのですが、まだまだ子どものようなところがあって、何かご迷惑をかけていませんか？」

「とんでもありません。おじょうさんは、とてもしっかりとした考えをお持ちです。遊びに来るという子どものことを一生懸命考えていて、その熱心な気持ちに心を打たれました。」

「ありがとうございます。どうかよろしくお願いいたします。」

信吉は大きくうなずいた。

＊＊＊

薬師堂につくと、ゆいは薬師堂の前で手を合わせお薬師様にじっとお祈りをした。その横顔はとても晴れやかで、感謝の気持ちに満ちた穏やかなものだった。信吉もゆいの隣で、じっと手を合わせて祈った。

それからゆいは、薬師堂を見守るように枝を広げている枝垂れ桜の木に向かい、手をあわせ祈った。

そしてゆいは静かに青空を見上げ、そっと手を合わせた。信吉は青空を見上げるゆいの瞳が少しうるんでいるのではないかと感じた。

信吉は枝垂れ桜の花が満開のころ、ここで初めてゆいを見かけたときのことを思い出した。その女の人は薬師堂にお参りした後、枝垂れ桜の木と青空にも手を合わせているように見えた。女の人のそんな仕草に、信吉は漠然とした違和感をおぼえていた。

だが、それは単なる違和感ではなかった。ゆいは薬師堂にお参りした後、枝垂れ桜の木と青空にも手を合わせて祈っていたのだ。

二人は薬師堂のわきにある竹で作られた長椅子に並んで座った。

「信吉さん、きょうは本当にありがとうございました。今ね、お薬師様にお礼を言ったんです。うれしいことがあった時には、お薬師様にお礼を言いに来るんです。」

「おじょうさんは、枝垂れ桜の木と青空にもお祈りをするのですか?」

「ええ、でも、枝垂れ桜の木にお祈りするなんておかしいですよね。この枝垂れ桜の木はわたしが生まれる前からここにあって、わたしが生まれてからもずっとわたしを見守ってくれているんです。だから枝垂れ桜の木にも《ありがとうございました》とお礼を言いました。

信吉さん、きょうもとてもいい天気ですね。わたし、青空の色がとても好きなんです。青空も、いつもわたしたちを見守ってくれているでしょう。青空を見ていると、どんなことがあってもきっと大丈夫って思えるんです。」

枝垂れ桜の木は今は若い葉を広げて、どっしりとそこにたたずんでいる。ごつごつとした黒い幹は、長い年月の風雨に耐えてきたことを物語っている。

　そしてどこまでも広がる青空。

「はじめておじょうさんを見かけたのは、ちょうど桜の花が満開のころでした。あの時もおじょうさんは、薬師堂で手を合わせた後、枝垂れ桜の木と青空にもお祈りをしていたように見えました。その時……、あの……、何と美しい方だと思いました。」

「えっ！」

　ゆいは驚いて信吉を見つめた。

　信吉は若い娘に《美しい》などと言ってしまった自分がとても恥ずかしく思った。

「信吉さん、先ほどは桜の花が大変美しかったと言っていましたよね。」

　ゆいは少しすねたようなそぶりを見せた。

「はっ、はい……、いえ。」

「信吉さん、ありがとうございます。お世辞でもそう言っていただけるとうれしいです。」

　ゆいはにっこりとほほ笑んだ。

「信吉さん、実は……、あの日は、みよちゃんという目の見えない子がはじめて遊びに来る日だったんです。わたし、自分からみよちゃんと遊ぶと言っておきながら、とても不安だったんです。みよちゃんはわたしと遊んで楽しいと思ってくれるだろうか、一度でもいいから笑ってくれるだろうか、おかあさまも喜んでくださるだろうかって、とても心配だったんです。それで、お薬師様と枝垂れ桜の木と青空に、みよちゃんの笑顔が見られますように、おかあさんも喜んでくださいますようにとお願いに来たんです。お薬師様も枝垂れ桜の木も青空も、こんなわがままなわたしのお願いを聞いてたいへんですよね。

でも、あの日もきょうのように青空がきれいだったでしょう。お参りをしてから青空を見ていたら、そう、きっと大丈夫って思えるようになったんです。その日はみよちゃんもおかあさんもとても喜んでいただいて、笑顔で帰っていかれました。わたし、そんなに強くはないので、やっぱり不安な気持ちは今でもあるんです。でも、きょう信吉さんとお会いすることができて、いろいろ教えていただくことができて、本当にうれしかったんです。」

ゆいは少し間をおいてから、信吉に話しかけた。

「信吉さん、一つ聞いてもいいですか？」

「はい、何なりと。」

「あの、こんなこと聞いては、とてもいけないことだとは思うのですけれど……」

「大丈夫です、おじょうさん。何なりと言ってください。」

「あの、信吉さんはどんなことをお祈りしたんですか？」

「わたしですか……。あの、それを聞いても気を悪くしませんか？」

「えっ、あの、大丈夫です。普通に考えれば誰にでも思いつくことにも気づかないくらいなわたしですから、何を伺っても大丈夫です。」

「おじょうさん、もうそんなにわたしをいじめないでください。わたしは、これから少しでもおじょうさんの力になれますようにとお願いいたしました。」

「まあ、本当ですか？」

「はっ、はい。」

「まあ、そんなうれしいことを言っていただいて、わたしが気を悪くするなどとんでもありません。こちらこそ、どうかよろしくお願いいたします。生きていれば、こんないいこともあるのですね。」

ゆいはすがすがしい笑顔で、そっと自分に語りかけるように言った。

＊＊＊

それから数日後の夜、ゆいの父、幸助（こうすけ）はさよに声をかけた。

「さよ、ゆいはこのところ元気にすごしているようだな。体の調子もよいように見えるがどうだ？」

「はい、だんなさまもお気づきになりましたか。春先はいつも体をこわしていたのですが、最近は熱も出さず元気にしております。」

「それは何よりだ。とにかく元気でいてくれることが一番だ。」

「そうですね。でも、本当はご心配なのでしょう、ゆいのこれからのことが。」

さよは幸助の気持ちを察するように言った。

「そうだな、このまま元気でいてくれるようならその先のことも考えなければいけないのだが、ゆいは先のことを考えるのがまだつらいのだろう。」

「そうだと思います。しっかりとした子ですからいつも笑顔でいようとしているようですが、時々無理をしているのではないかと感じることがあります。

そういえば……、だんなさまにも以前お話しましたが、月に一度ほど、みよちゃんという目の見えない子が遊びに来ています。ゆいが元気になったのはみよちゃんが来るようになってからのような気がします。」

「目の見えない子か。きっと大変だろうな。ゆいはその子とうまくいっているのか？」

「はい、みよちゃんはゆいのことをとても慕ってくれています。みよちゃんのおかあさんも、ゆいさんのところでいろいろ教えてもらって本当によかったと言ってくれています。」

「ゆいにはお師匠さんの素質があるのか？」

「ゆいはただ一緒に遊んでいるだけと言っていますが……。でもどうやったら見えない子でも楽しく遊べるだろうかと、ゆいなりに一生懸命考えて、紙や布でいろいろなものを作ったりしています。」

「そうか、それは大変だな。」

「でもそうやって考えることが、今のあの子を元気にしてくれているのではないかと思います。自分が何かしたことでみよちゃんやおかあさんが笑顔になってくれる、きっとゆいにはそれがとてもうれしいのだと思います。」

「目が見えなくてかわいそうな子のためにがんばっているんだな。」

「いいえ、もしかしたらそうではないのかもしれません。」

「えっ？」

幸助はさよの言ったことばの意味がすぐにはわからなかった。

「ゆいは、目が見えないからとか、かわいそうだからとは思っていないと思います。みよちゃんは目は見えないけれど、少しの手助けがあればほかの子と同じように楽しく遊ぶことができる。ゆいにとっては、みよちゃんと遊ぶことは目の見えている子と遊ぶのと同じくらい自然なことだと思います。」

「そうか、ゆいがそういう気持ちだとみよちゃんという子もその子の母親もきっとうれしいだろうな。」

「はい、わたしもそう思います。

実は数日前に指物の職人さんが来てくれて、みよちゃんが遊ぶものを木の板で作ってくれるという話になっているようです。」

「指物の職人？　若い男か？」

「二十五と言っておりましたが、気になりますか？」

「いや、そんなことはないが。」

幸助はことばを濁した。

「お話が終わった後、二人で薬師堂に行ったりしましてね。初めて会った方なのに、わたしも驚きました。あっ、そうそう。ゆいがね、お会いしたのは二度目ですと言っていましたけれど。」

「まじめそうな若者か？」

「はい。それはそれはまじめな方で、きっとゆいの力になってくれると思います。」

「そうか、それはよかった。」

幸助はすっかり安心したように言った。

「ゆいも今までいろいろとあってつらい思いもしてきた。あの子が元気でいてくれればそれが何よりだ。」

それから幸助は少し思いつめたような表情を浮かべて言った。

「さよ、実はわたしは、ゆいに本当にすまないことをしたと思っている。そのことを思い出すと、どうしてあんなことを言ってしまったのだろうと、いくら後悔しても後悔しきれない思いだ。」

「まあ、だんなさま。どうされたのですか？」

「ゆいが十五の時、結婚の話をいただいただろう。その話をゆいにしたら、ゆいは何も言わずにずっとうつむいて泣いていた。それからすぐに熱を出して寝込んでしまった。あの時はそんなゆいがあまりにふがいなく思えて、《あまえるんじゃない。お前の気持ちが弱いからすぐに熱を出したりするんだ。そうやって逃げてばかりいたら、これから何もできないぞ。》と強い口調で言ってしまった。今から思うと、あんなことを言ってしまった自分があまりに情けないのだ。」

「まあ、だんなさまはそんなことを気にしていたのですか？　それは親としては当たり前のことではありませんか？」

「いや、親だから言っていいということはない。あの時のゆいの悲しそうな、訴えるような目が今でも忘れられない。どうしてゆいの気持ちにもっと寄り添えなかったのか、どんなに後悔しても後悔しきれない。」

「だんなさま、大丈夫ですよ。ゆいはしっかりとした子です。だんなさまの言葉をしっかりと受け止めて、あの子なりにがんばろうとしたのだと思います。」

「ゆいは決してあまえていたのではない。熱が出たのも、ゆいの気持ちが弱かったからではない。あの時わたしはゆいの気持ちを、ゆいのつらさを少しもわかることができなかった。ゆいはあんなことを言った父を今でも恨んでいるのではないだろうか？」

「そんなことはありません。きっと、だんなさまに言われたことなど今はすっかり忘れていると思います。その時その時を前向きに生きようとがんばっているゆいですから。」

「そうか、本当にそうだといいのだが。」

（四）

それから信吉は仕事が終わると時間をみつけては板作りを始めた。

軽くて柔らかい木であれば細工は簡単だ。しかしかたくて少し重みのある木となると、細工するにはなかなか手間がかかる。信吉はいくつかの種類の木を試してみた。大きさはどれくらいがいいのか。子どもの手にすっぽりと収まり、扱いやすい大きさを考えてみた。

信吉は思った。

《普通に考えれば誰にでも思いつくことなどと、なぜ言ってしまったのだろうか。やはり自分の心の中にはおじょうさんは何の不自由もなく幸せに暮らしてきた人で、そんなおじょうさんに人の気持ちなどわかるはずもないという思いがあったのだろうか。ただあのおじょうさんは何かが違う。目の見えない子のことを話すとき、その子の遊びのことを話すときのまなざしは真剣そのものだった。この違いはいったいどこからくるのか。》

仲間の職人たちははじめ信吉が何をしているのかに関心をもったが、それが子どもが遊ぶものだとわかると信吉をあざけり笑うようになった。しかもそれが一文の金にもならないことを聞くと、信吉は気が違ったのではないかと噂するようになった。

職人たちには自分たちはたんすや箱物など立派なものを寸分たがわず作っているというメンツがあった。子どもたちが遊ぶものを作るなどもってのほかでばかげていると感じられたのである。

親方は職人たちのそんな噂を聞きつけて、信吉を呼んだ。

「信吉、おまえは最近子どもが遊ぶものを作っていると聞いたが、それは本当か？」

「はい、仕事が終わってからやっておりますのでご注文をいただいている仕事には支障のないようにしております。」

「それはわかっているのだが、ほかの職人たちがそもそも子どもが遊ぶものを職人が作るなどばかばかしいと言っているようなのだが。」

「はい、それは承知しております。」

「それは、わたしがおまえを美濃屋さんに行かせた後のことか？」

「はい、さようでございます。」

「美濃屋さんで何か無理を言われたか？」

「いいえ、美濃屋さんでは子どもが遊ぶ板を作ってほしいといわれただけです。」

「子どもが遊ぶ板？　そんなものはどこにでもころがっているだろう。そんなことを職人に頼むなど、あまりに世間知らずだ。もちろん断ってきたのだろうな。」

「いいえ、わたしに作らせてくださいとお願いしてまいりました。」

「なに、おまえがお願いしただと。」

「はい、子どもが楽しく遊べるようできるだけよいものを作りたいと思っています。」

「何をばかなことを言っているんだ。おれたちは職人だ。ご注文いただいた方からのご依頼に誠意をもってお答えする。子どもの遊ぶものを作るなど、職人のすることではない。とっとと美濃屋さんに行って、そんな話は断って来い。」

「でも、親方、わたしが作ると言ってしまいましたので……」

「うるさい、だまれ！」

親方はかんかんに怒り、信吉を部屋から追い出した。

＊＊＊

信吉は途方に暮れていた。おじょうさんにあのように言ってしまった以上、親方にだめだといわれたからといってこのまま投げ出すわけにもいかない。かといって、親方の怒り方も尋常ではなかった。このまま子どもの遊ぶものを作り続ければ、親方が何と言うか。

親方から呼ばれた次の日、信吉は今度は親方のおかみさんから呼ばれた。親方のおかみさんは大変気丈な人で、職人たちの面倒もよくみていた。

「信吉さん、親方がね、《信吉はもうしょうがねえ奴だ》って怒っていましたよ。まあ、親方が怒るのはよくあることだから仕方がないのですけれど。でもまじめいっぽうの信吉さんがねえ、どうかしたのですか？」

おかみさんは落ち着いた口調で信吉にたずねた。

「おかみさん、申し訳ありません。わたしがわがままなことを言ったばかりに親方のご機嫌を損ねてしまいました。」

「何かあったのですか？」

「実は、美濃屋さんのおじょうさんがご相談があるということで、先日お話を伺ってきました。美濃屋さんに目の見えない子が時々遊びに来ているそうで、目の見えない小さな子でも遊べるような智恵の板は作れないかということでした。」

「まあ、目の見えない子が？　それはさぞ大変でしょうね。」

「はい。それで、少し大きめのしっかりとした板で作れば、目の見えない小さな子でも遊べるのではないかと思い作り始めたところです。」

「まあ、それはいいことではありませんか？　それでどうして親方が怒るのですか？」

「子どもが遊ぶものを作るなど、わたしたち職人が手がけることではないとお怒りでした。」

「目の見えない子のことは話したのですか？」

「いえ、お話できませんでした。」

「親方もちょっと気が短いから……。わかりました、わたしが親方に話しておきましょう。信吉さん、安心なさい。」

「ありがとうございます。」

「ところで信吉さんは今まで目の見えない子どもとかかわったことがあるのですか？」

「いえ、目の見えない子どもとかかわったことはありません。ただ……」

　信吉は少しためらったが、思い切って話を続けた。

「わたしには兄がおりまして、兄は小さいころから体が弱く言葉もうまく話せなかったので、いつも近所の子どもたちにからかわれていました。ものおぼえもとても悪かったので、文字の読み書きなど望むべくもありませんでした。それで寺子屋にも行かずにずっと家におりました。母はそんな兄をとてもいつくしんでおりましたが、七つになった冬に急な病であっという間に亡くなってしまいました。母はとても悲しみ、兄を看取った後も青空を見上げては、《あの子は、青空のかなたで幸せに暮らしているのです。もう誰にもからかわれることもなく、誰にも笑われることもなく、心安らかにすごしているのです。》と言っておりました。」

「まあ、信吉さんにそのようなお兄さまがいたのですか。おかあさまはさぞ心を痛めたことでしょう。信吉さん、よく話してくれました。」

「わたしはまだ五つになったばかりのころで、その時はよくわからなかったのですが、いまになって母の思いは痛いほどわかるような気がします。美濃屋さんに遊びに来ている目の見えない子も、寺子屋にも行かれずずっと家にいると聞きました。美濃屋のおじょうさんはその子のことを真剣に考えています。わたしもその子のために何かできればと思いました。」

「まあ、信吉さん、それはすばらしいことではありませんか。」

「おかみさん、ありがとうございます。」

信吉はほっとして答えた。

「ところで信吉さん、相談を持ちかけた美濃屋のおじょうさんは、おいくつになるのですか?」

「十六になると聞いております。」

「まあ、それはよいお年頃ですねえ。もう結婚の話などもいくつかあるのではありませんか?」

「そのようなことは……、わたしは聞いておりません。」

「わたしがここへ嫁いできたのも十六の歳ですからねえ。信吉さんはまじめいっぽうな人かと思っていましたが、そんな信吉さんの心を動かした美濃屋のおじょうさんは、そんなに美しい方なのですか?」

「はっ、えっ、そんなことは……」

信吉は顔がほてってくるのを感じた。

「信吉さん、顔が赤くなっていますよ。目の見えない子のためにも、やさしいおじょうさんのためにも、できるだけのことをしてあげてくださいな。」

＊＊＊

その翌日、信吉は親方からまた声をかけられた。このあいだとは打って変わって親方はにこにこしていた。

「信吉、話は聞いたぞ。なかなかいい心がけじゃないか？　どうしてそのことをわたしに話さなかったんだ？」

「はっ、申し訳ありません。」

「お前はまじめだが、どうも口下手でいけないな。お相手が美濃屋のおじょうさんとなるとうまく話をもっていかないとな。」

「はっ、何のことだか……」

「美濃屋さんへはまた行くのだろう。」

「はい、今度子どもが来る日に行くことになっています。」

「それで、おじょうさんは何て言っているんだ？」

「はあ、ぜひ一緒にいてほしいといわれました。」

「おう、うまくやってるじゃないか。信吉、おまえは時々不愛想なことを言うから気をつけるんだぞ。おじょうさんのご機嫌を損ねないようにな。」

「そのことは深く反省しています。」

「まあいい、あとはわたしに任せておけ。」

「はい、ありがとうございます。」

（五）

信吉が出来上がった智恵の板を持って美濃屋を訪れたのは、梅雨の合間の晴れた日のことである。ちょうどあじさいの花が見ごろのころだった。

あじさいの花はあたかも時の経過とともに別の衣をまとっていくように、咲き始めてから少しずつ色を変えていく。雨の多いこの時期、あじさいの花は雨にしっとりと濡れてその美しさが一層際立つ。

街道沿いに小さな寺があり、門前にあじさいが植えられていた。五つか六つくらいのちいさな娘を連れた女の人がそこを通りかかった。娘はあじさいの花を見つけると、母の手を引いてあじさいのもとにいき、両手でそっとあじさいの花を包み込むようにした。そのしぐさは、大好きなお気に入りのまりを大事に持っているように見えた。母も娘のしぐさをまねて、自分の近くにあった少し大きめのあじさいの花を両手でやさしく包み込むようにした。娘がそんな母を見てにこっとほほ笑んだ。母も大きくうなずきながらほほ笑みを返した。

信吉の足取りはとても軽かった。信吉が持っている風呂敷包みの中にはおじょうさんに頼まれて作った智恵の板が入っており、軽い足取りに合わせてカタカタと調子の良い音をたてていた。

《この智恵の板を見て、おじょうさんはどう思うだろう？　みよちゃんという目の見えない子は、この智恵の板に触ってどう感じるだろう？》

信吉は前もってゆいに智恵の板を見てもらうために、みよたちが来るよりも早めに美濃屋を訪ねた。

美濃屋につくと信吉は早速ゆいに自作の智恵の板を見せた。

ゆいは目を輝かせながらその板を見て言った。

「まあ、とてもきれいにできていますね。それにこれくらいの大きさなら、きっとみよちゃんも扱いやすいだろうと思います。

信吉さん、わたし信吉さんにいろいろ教えていただいてやっと気がついたんです。智恵の板をみよちゃんに初めて見せた時、もう少し大きいほうがいいのかなって漠然と思ったんです。でも、みよちゃんの手の大きさとか見えにくさとかを考えると、今のみよちゃんにちょうど良い大きさってあるのかなって思ったんです。わたしがこれから紙とか布とかで作るときも、ちょうどよい大きさを考えて作るようにします。」

「そうですね、おじょうさんのおっしゃるとおりだと思います。でも実際にお子さんがあつかう様子を見てみないとわからないこともあるので、きょうは無理を言ってご一緒させていただきました。お子さんの様子を見て、不都合があればまた作り直します。」

「まあ、不都合だなんて。こんなに立派なものを作っていただいて、そんなことはないと思います。それに持った感じが少し重みがあって、手にしっくりとくるんですね。」

「ありがとうございます。」

「こちらが手本の枠ですね。この枠にはめこむようにするのなら、本当にわかりやすいですよね。」

ゆいは七枚の板を手早く枠にはめこんだ。

「まあ、ぴったり。どうしてこんなにぴったりとはまるように作れるのでしょう?」

「おじょうさん、とても早くできましたね。智恵の板はお好きですか?」

「わたしね、どういうわけか小さなころから智恵の板だけは素早くできて、得意だったんです。」

ゆいはうれしそうに言った。信吉に褒めてもらったのが素直にうれしかった。

「それでは、おじょうさん。今度は目を閉じてこちらの手本の枠に触ってみてください。」

「えっ、目を閉じてですか……。そうですよね、わたしもみよちゃんになったつもりでやってみないといけないですね。」

ゆいは右手でていねいに枠に触ったが、何の形かわからなかった。

「これは何かしら？」

ゆいが悩む様子を見て信吉が言った。

「おじょうさん、おじょうさんは大変行儀よく左手は膝の上におき、右手で触っていました。今度は両手で触ってみてください。」

「両手で触るのですか？　このようにですか？」

ゆいは膝の上においていた左手を伸ばし、両手で枠に触った。

「あっ、わかりました。でも、どうして両手で触るとわかるのでしょう？」

「両手を使うと、全体の形を思い描きやすいのだと思います。」

「まあ、信吉さんは何でもご存知なのですね。」

「そんなことはありません。わたしたち職人は、自然と両手を使うようになっているだけのことです。」

「わたしには信吉さんのすることがみんな手品のように思えてなりません。どうかまたいろいろと教えてくださいね。」

＊＊＊

ゆいと信吉がこんな話をしているところへ、たきとみよがやってきた。

ゆいがたきとみよに信吉を紹介した。

「こちらは信吉さんです。たんすなどを作る職人さんですが、みよちゃんが使いやすいような智恵の板を作ってくださいました。きょうはその板で一緒に遊んでみましょうね。」

「信吉と申します。よろしくお願いします。」

みよは職人さんと聞いて少し緊張した様子だったが、信吉の声がとてもやさしそうだったので安心して言った。

「きょうは、おにいさんも一緒に遊んでくれるの？　うれしいな。」

「これ、みよ、何を言うんです。申し訳ありません。わざわざみよのために職人さんにまでご苦労いただいて。」

母のたきは大変恐縮していた。

「それじゃ、みよちゃん。おにいさんが作ってくれた智恵の板に触ってみようか。」

ゆいはそう言ってみよに板をわたした。

「あっ、これ、前に触ったのより少し大きいですね。ちょっと重みもあって、持った感じがとてもいいな。」

みよはそう言いながら。七枚の板を順番に触って横に並べたりした。

ゆいはみよのうれしそうな様子を見て、思わず信吉のほうを見た。信吉も板の大きさがちょうどよかったので、とても安心した表情をうかべ、ゆいとうなずき合った。

「ゆいおねえさん、こちらがつるつるしているでしょう。こちらの面は少しざらざらしていて……、そうか、つるつるしているほうが表なんですか?」

「えっ。」

ゆいは驚いて、自分も板の両面を触ってみた。さっき触った時は気づかなかったが、言われてみれば確かに手触りが違っている。

ゆいは、《いけない》と思った。信吉は表と裏が手触りでわかるように作ってくれていたのだ。それに気づかなかった自分がとても恥ずかしかった。信吉のほうを見ると、信吉は《大丈夫ですよ、おじょうさん》というようにやさしくほほ笑みながら、大きくうなずいてくれた。

「みよちゃん、よく気がついたね。えらかったね。」

みよはゆいにほめてもらって、またうれしそうだった。

それからゆいはみよに枠をしめしながら言った。

「みよちゃん、この枠に触ってみてくれる?」

みよは手本の形がくりぬかれた枠に触ってみた。だが、どんな形だかなかなかわからなかった。

ゆいはみよの手を見た。触ろうとして動いているのは右手だけで、左手は畳の上にずっとおかれたままだった。ゆいは先ほど信吉から教えられたことを思い出し、みよに話しかけた。

「みよちゃん、左手にもがんばってもらって、右手と左手と両手で触ってみようか。」

みよの左手ははじめぎこちなかったが、しだいに慣れてきて両手で包み込むように触ったり、左手を基準にして右手を動かすというような動きができるようになってきた。

「あっ、わかった。もしかして、これ、糸巻きですか?」

ゆいと信吉は思わず顔を見合わせた。みよがわかったことが二人ともとてもうれしかった。

ゆいと信吉よりも、もっと驚いたのは母のたきである。

「みよ、どうしてこれが糸巻きだとわかったの?」

「だってこの前、おかあさまのお手伝いをして糸を巻いたでしょう。その時に、この形に似ているものがあったの。」

「まあ!」

たきはさらに驚いた。娘に糸巻きの手伝いをさせていたことなどもう忘れていたし、まさかそのことがこんなところで役に立つとは夢にも思わなかった。

「それにね、片手で触った時にはわからなかったのだけれど、両手で触ったらわかったんだ。ゆいおねえさん、教えてくれてありがとう。」

みよにそう言われて、ゆいはまた恥ずかしかった。教えてくれたのは信吉さんだ。ゆいが信吉を見ると、信吉は先ほどと同じように大きくうなずきながらやさしくゆいを見つめていた。

いくつかの枠で遊んだあと、信吉がみよに声をかけた。

「みよちゃん、よくできたね。それじゃ、今度はおいしいお弁当を作ろうか?」

「おべんとう?」

みよがうれしそうに言った。

信吉はみよに四角い枠を示しながら言った。

「この四角いのがお弁当箱。このお弁当箱にね、七つのおいしいおかずがぴったり入るよ。」

「わあ、おもしろそう。」

みよはいろいろ想像するのが得意だった。この四角いのは卵焼き、この三角のはこんにゃく、この長いのはお魚などと話しながら、七枚の板を四角の枠にはめ込んだ。

「ゆいおねえさん、きょうも鬼退治がしたい。」

みよが突然言いだした。

「えっ。」

ゆいは、みよの突然の言葉を聞いて困ってしまった。鬼退治の鬼は母とおばさんから笑われてしまった鬼だ。その鬼を信吉に見られるのがとても恥ずかしかった。でも、みよにそう言われてやらないわけにはいかない。ゆいは仕方なく手作りの鬼を出した。

その鬼を見ると信吉が言った。

「いやあ、これは怖そうな鬼だ。よし、きょうはおにいさんが怖い鬼になるぞ。」

みよは、信吉の低くおどろおどろしい声をきくと本当に怖がって、

「きゃあ、たすけてー。」と叫び声を上げた。

「みよちゃん、さあ、まりをころがしてごらん。鬼に当たらないとみよちゃんを食べちゃうぞー。」

信吉はそう言いながら手をたたいて鬼の位置を教えた。

みよはこれには大はしゃぎだった。興奮しすぎて、かえってまりは外れてしまうことが多かった。それでもみよは何度も何度もまりをころがし、鬼にあてようと必死だった。

遊びが終わったころ、みよの母のたきがゆいに話しかけた。

「ゆいさん、大変申し訳ないのですが、一つお願いがあるのですが……」

「はい、何でしょうか？」

「実はわたしの住む町に、もう一人、目の見えない女の子がおりまして、その子も寺子屋にも行かれず、ずっと家にいるそうなのです。先日、その子のおかあさんに偶然会う機会がありまして、できればどこかへ連れていってやりたいがよいところがないと言っていました。ゆいさんのことはまだ話していないのですが、もしその子のおかあさんがのぞむようであれば、みよと一緒にこちらにお伺いしてもいいでしょうか？」

「あの、わたしは構わないのですけれど……、母に相談したいと思います。お返事はそれからでもいいですか？」

「はい、もちろんです。その子のおかあさんにはお返事をいただいてから話すようにいたします。」

ここに来させていただくようになって、みよは本当に変わりました。笑顔がたくさん見られるようになり、自分のこともきちんと言うようになりました。考えてみれば、今までこの子なりにじっと我慢してきたのではないかとあらためて思っています。ありがとうございます。」

支度も終わり帰ろうという時になって、みよが突然言いだした。

「おにいさん、今度みよが来るときに、また来てくれますか？」

信吉はどう答えていいかわからず困っていた。ゆいも同じだった。

たきは娘の突然のことばに驚いて言った。

「まあ、何を言いだすんですか。おにいさんはお仕事がお忙しいのですよ。」

みよはそんな母の言葉にはおかまいなく言った。

「おにいさんは、ゆいおねえさんと結婚するんですか？」

ゆいと信吉はみよの突然のことばに思わず顔を見合わせた。

「まあ、なんてませたことを。何もわからない子どものことですから許してやってください。さあ、行きますよ。」

「だってね、おにいさんがゆいおねえさんに話すときはとてもやさしいし、ゆいおねえさんもとてもうれしそうに答えていたから、二人は仲がいいのかなあって……」

「これ、いつまで変なことを言っているんですか。本当にすみません。」

たきはみよの手を引いていそいそと帰っていった。

＊　＊　＊

たきとみよが帰った後、ゆいがあらためて智恵の板に触りながら言った。

「信吉さん、この板には表と裏があるのですね。たしかに手ざわりが違いますね。」

「いえ、本当は表と裏などなくてもいいのです。ただ、はじめは表と裏があったほうが形を作るときにわかりやすいかと思いまして。また、手触りの違いでおもしろい形が作れたら楽しいかなと思い作ってみました。」

「まあ、信吉さんはそんなことまで考えて作ってくださったんですか。わたし、最初に見せていただいたときに全然気がつかなくて。みよちゃんに言われてどきっとしました。どうして初めに教えてくれなかったのですか？」

ゆいは少しすねたように言った。

「申し訳ありません、ささいなことでしたので。」

「ごめんなさい。気づかなかったわたしがいけないのです。」

ゆいはにっこりとほほ笑んだ。


ゆいはもじもじしながら信吉に声をかけた。

「信吉さん、わたしのほうからお願いしたことなのに、みよちゃんに二人は仲がいいなどといわれて気を悪くしていますよね。本当にごめんなさい。」

ゆいは今にも消え入りそうなか細い声で言った。

「おじょうさん、すみません。わたしこそ申し訳ありませんでした。みよちゃんがあまりに楽しそうにしてくれるのでついはしゃいでしまいました。本当にいやな思いをされたことでしょう。」

「いやな思いなんてそんなことはありません。わたしは……、うれしかったんです。あの、でも、ちょっと心配なことがあって……」

「どうかされましたか？」

「あの、こんなことを聞いてはいけないのですけれど……、信吉さんは子どもと遊ぶのがとても上手でしょう。信吉さんにはもうかわいいお子さんがいるのですか？」

「はあ？」

信吉は唖然とした。

「おじょうさん、わたしには子どもなどおりません。子どもと遊んだことなどないものですからついはしゃいでしまったのかもしれません。」

「本当ですか？」

ゆいは少し安心した表情を見せた。

「あの、それで、これも聞いてはいけないのかもしれないのですけれど……、智恵の板で遊んだ時、お弁当箱の話をしていたでしょう。信吉さんはお弁当箱のお話がとても上手でした。信吉さんには、毎日おいしいお弁当を作ってくださるやさしい奥様がいるのですか？」

「はあ？」

信吉はさらに唖然とした。

「わたしには妻はおりません。わたしは独り身です。」

ゆいはさっと顔を上げて言った。

「本当ですか、それは？」

「もちろんです。独り身のわたしが、おじょうさんとこのようにしていることできっとおじょうさんにはいやな思いをされているのかと思います。出過ぎたことをしてしまいすみませんでした。」

「信吉さん、わたしはいやな思いなど少しもしていないし、信吉さんがきょう来てくださったことも、出過ぎたことなどと思っていません。心からうれしく思っています。それで、またお願いがあるのですけれど。」

「はい、何なりと。」

「言ってもいいですか？」

「もちろんです。何でもおっしゃってください。」

「さっきみよちゃんが、信吉さんに今度も来てねって言っていたでしょう。それ、わたしからもお願いしたいのです。今度も来ていただけませんか？」

「えっ、それは……」

信吉はどう答えていいかわからずうつむいてしまった。自分が作った智恵の板を子どもがどう扱うのか、それを確認したくてきょう一緒に見させてもらえないかとお願いした。智恵の板は子どもの手にちょうど良かったようで、これからは楽しく遊べるだろう。自分がここに来る理由がもうないのだ。

ゆいはか細い声でうつむきがちに言った。

「あの、実は、智恵の板のほかにも、子どもが遊ぶもののことで相談したいことがあって、それに何より信吉さんがいてくれると、とても安心できて。わたしまだまだわからないことばかりで、これからもいろいろ教えていただけませんか？」

「おじょうさん、おじょうさんにそう言っていただけるのは本当にうれしいです。わたしできることとであれば、おじょうさんのお力になれるようにします。」

「まあ！」

ゆいはそう言って少し顔を上げた。ゆいの瞳からは大粒の涙がとめどなく零れ落ちていた。

「おじょうさん、どうかしましたか？　どこか具合でも悪いですか？」

「ごめんなさい、突然泣き出したりして。でも、これはうれし涙なんです。どうしてこんなに涙が出ちゃうのかしら？　でもうれしくて、うれしくて、涙がとまらない……」

ゆいは涙をふきながら気を取り直して言った。

「そうだ、おかあさまに二人目の子が来ることを聞いてこなければ。信吉さん、一緒にいってくださいな。」

「おかあさま、すみません。」

ゆいは母に声をかけた。

さよは笑顔で答えた。

「きょうのおけいこは終わりましたか？　ご苦労さま。信吉さん、きょうも来ていただいて本当にありがとうございました。」

「おかあさま、それで相談があるのですけれど。」

「はい、どうかしましたか？」

「みよちゃんのおかあさんが、同じ町にもう一人目の見えない女の子がいて、その子も一緒に遊ばせてもらってもいいかって言うのですけれど、構わないですか？」

「えっ、お子さんが二人になるの？　わたしは構わないけれど、ゆいは大丈夫？」

「ええ、二人なら何とか大丈夫だと思います。それに子どもが来るときは、これからずっと信吉さんも来てくださって、わたしにいろいろ教えてくれるって言っていただいたんです。」

《これからずっと》、思わず信吉はゆいの顔を見た。ゆいの笑顔はかがやいていた。

「まあ、信吉さん、そんなことをお願いしていいのですか？　お仕事のほうは大丈夫ですか？」

「はあ、何とか。親方にはわたしが話しておきますので、どうかご安心ください。」

「そうですか、もし何かあったらうちの人にも頼んでみますから、言ってくださいな。」

「いえ、こちらのだんなさまにご迷惑をおかけするわけにはいきません。大丈夫です。」

「本当にすみませんねえ、わがままな娘で。」

「いえ、そんなことはありません。」

「おかあさま、これから信吉さんとお薬師様に行ってきます。」

ゆいはそう言って奥に入っていった。


さよはゆいが奥に行ったのを見届けると信吉に声をかけた。

「あの、信吉さん。ゆいの目が少し赤かったようですが、何かありましたか?」

信吉はさよにこう言われてどきっとした。母親は普通に話しながらも、いつもと違う娘の様子に気づいていたのだ。

「ご心配をおかけして申し訳ありません。わたしがいたらないもので……」

「あんなにうれしそうにしていたから、きっとうれし涙ですね。あの子はね、うれしいことがあった時も大粒の涙を流して泣くんです。困ったものです。

信吉さん、わがままな娘ですがどうかよろしくお願いします。」

＊＊＊

薬師堂につくとゆいはまずお薬師様にお参りし、それから枝垂れ桜の木に祈り、青空を見上げて手を合わせた。

「信吉さん、きょうもいい天気ですね。信吉さんとお会いするときはいつもよく晴れた日で、青空がとてもきれいに見えますよね。きっとね、わたしの心がけがいいからですよ。」

ゆいは自分でそう言いながら少し恥ずかしそうにほほ笑んだ。

「信吉さん、一つお伺いしてもいいですか？」

「はい。」

「信吉さん、どうか怒らないで聞いてくださいね。

実は、信吉さんをご紹介していただく時に、信吉さんは口下手で愛想が悪く、とても無骨な人と聞いていたのです。それで、そんな方とお会いするのが怖くて怖くてずっと震えて待っていたんです。でも実際にお会いしたらこんなにやさしい方で、わたし本当に安心いたしました。どうしてそんな言い方をされてしまったのですか？」

「それは、たぶんうちの親方が言ったのだと思います。ただ、それは間違っていません。本当に口下手で愛想が悪くて、おじょうさんにはきっといやな思いをされているのではないかと思います。申し訳ありません。」

「まあ、そんなこと決してありません。信吉さんに教えていただけることを本当にうれしく思っています。でも信吉さんの親方ってひどい人ですね。信吉さんはとてもやさしい方なのにそんな言い方をするなんて。」

「いいえ、親方は悪い人ではないのですが、気が短くて時々早とちりをすることがあります。実はおじょうさんのことも……、いいえ何でもありません。」

「なんですか？　信吉さん。気になりますからおっしゃってください。」

「はあ、実は、おじょうさんのことを親方から聞いたときには……、商家のおじょうさんからのお話ということで勝手に言ったのだと思いますが、わがままで自分勝手なおじょうさんだと……。すみません。」

「まあ、わたしもそんなふうに思われていたのですか？　でもそれって当たっているかもしれませんね。信吉さんにはいつもわがままで自分勝手なお願いばかりしてしまって。」

「とんでもありません。親方の勝手な思い違いです。最初におじょうさんのやさしい声をきいたときに、わたしは本当に驚きました。わがままどころかとても控えめで、落ち着いた声でした。」

「まあ、本当ですか？　そう言っていただけるととてもうれしいです。人の出会いって本当に不思議ですね。わたしずっと怖くて、こちらからお願いしたお話ですのに断ってしまおうかと思っていたんです。でもあの時もし断ってしまったら、こうして信吉さんとお話することもできなかったのですものね。わたし、がんばってお会いしてよかった。自分をほめてあげていいですよね。」

ゆいは青空を見上げながらゆっくり話した。

「信吉さん、きょうも青空がきれいですね。青空を見ていると、きっときょうも笑顔でいられるって思うんです。曇りの日や雨の日もあるけれど、その日元気でいられればまた必ず青空にあえるんです。

実は、わたしには兄がいたそうなんです。わたしが生まれる前に亡くなってしまって、三か月ほどの命だったそうです。でも、最近時々兄に会いたいなって思うことがあるんです。もし生きていたら、一緒にご飯を食べたり、遊んだり、けんかもしたかもしれないって。でも、兄が亡くなったのはわたしが生まれる前のことで、兄のことを思っても何も思い浮かべることもできなくて。兄にとても申し訳ないように思うんです。」

「おじょうさん……」

信吉はゆいにかける言葉が見つからなかった。

「ごめんなさい、こんな話をしてしまって。信吉さん、みよちゃんはこれからもずっと笑顔でいられますよね。きっと大変なこともたくさんあると思うけれど、大丈夫ですよね。それから……、これからも信吉さんはずっと来てくださいますよね、大丈夫ですよね。」

「おじょうさん、大丈夫です。わたしこそ、これからずっと来させてください。お願いします。」

＊＊＊

この日の帰り道もみよはご機嫌だった。

「おかあさま、智恵の板っておもしろいですね。ぴったりはまった時の《できた！》という感じがとてもうれしくて。今度行ったときにまたできるといいな。」

「わたしもね、子どものころによく遊びましたよ。実はね、みよにはちょっとむずかしいかなって思っていたんだけれど、おにいさんがいいものを作ってくれて、本当によかったですね。」

「時々ゆいおねえさんが手がかりを教えてくれたんです。全部一人だったら無理だったと思うんだけど、ゆいおねえさんが教えてくれたので、しぜんにできてしまったの。」

「そうだったの。ゆいおねえさんは本当に教えるのが上手ね。」

たきはゆいの教え方が上手なことに気づいていた。それは、ああしなさい、こうしなさいと言うのではなく、ほんの少しの手がかりを与えて、子どもには自分でできたように感じさせるような教え方だった。

《ゆいさんはまだ若い娘さんだ。そんな教え方を誰かから習ったわけでもないだろう。ゆい

さんがもっている天性の感覚というものだろうか？》

たきはそんなことを感じ、ゆいさんという娘さんに出会えたことに心から感謝していた。

二人が道を歩いていくと、前のほうから三人の男の子ががやがや言いながらやってきた。

三人の子どもたちは、すれ違いざまにたきとみよをじろじろと見た。

そして通り過ぎた後、うしろを振り返って大きな声ではやし立てた。

「やーい、おまえ、目が見えないのかよー。」

「目が見えないんじゃ、一人で歩けねえよなー。」

「ずっと引っ張られて歩いているのかよー。」

三人の子どもたちはこう叫ぶと駆け足で逃げて行った。

「おかあさま、あの子たちは何を言っているのですか？」

みよは恐怖に満ちた顔で母に聞いた。

「いいえ、何でもありません。大丈夫ですよ。」

「目が見えないとか言っていたけれど、あの子たちはわたしのことを言っているのですか？」

「みよ、気にすることはありません。おかあさんがついているから大丈夫ですよ。さあ、早く行きましょう。」

みよは母の手をぎゅっと握りしめた。手の震えはまだ止まらなかった。

「おかあさま、怖い。」

みよの目から涙がこぼれ落ちた。たきはみよの体をしっかりと抱きしめながらゆっくりと歩いた。


しばらく歩くうちにみよの気持ちは少しずつ落ち着いてきた。ただ、ゆいの家を出るときの、みよの軽い足取りは、子どもたちの辛らつな言葉でいっぺんに吹き飛ばされてしまった。

しばらく歩いていくと、今度は前のほうからやさしそうなおばあさんが歩いてきた。おばあさんはみよの様子が普通の子とはちょっと違うことに気づくと、近づいて話しかけてきた。

「おじょうちゃん、こんにちは。」

おばあさんはやさしい声で言った。

みよはおばあさんの声がやさしそうだったので少し安心して「こんにちは。」とあいさつをした。

おばあさんはみよの顔を覗き込んで、

「おじょうちゃんは、目が見えないの?」と聞いた。

みよは突然そう言われて困ってしまい顔を伏せた。

たきは「すみません、先を急ぎますので。」と言ってその場を立ち去ろうとしたが、おばあさんはたきの言葉などお構いもなくさらに言った。

「目が見えなくてもお話はできるのね。本当にかわいそうにね。どうして目が見えなくなっちゃったの？」

「先を急ぎますので。」

たきがそう言ってもおばあさんは話をやめなかった。

「目が見えないなんて、いつも真っ暗で怖いでしょう。かわいそうにね。あなたがおかあさんね。おじょうちゃんはこれからどうやって生きていくの？　おかあさんもたいへんよねえ。」

おばあさんはそこまで言うとやっと歩き去って行った。

「おかあさま、おかあさまの手が震えています。」

みよが不安そうに母に言った。たきは悲しみと怒りで体が震えるのをおさえることができなかった。

「ごめんね、みよ。大丈夫ですよ。」

たきはそう言うのがやっとだった。

「おかあさま、わたしはかわいそうな子なのですか？」

「みよ、そんなことはありませんよ。大丈夫だから、大丈夫だから。」

たきはみよの体をきつく抱きしめた。

＊＊＊

美濃屋でみよが智恵の板で遊ぶ様子を見た数日後、信吉は親方にこれから月に一度ほど美濃屋を訪ねたいということを話した。信吉の気持ちはとても重かった。月に一度でかけるなど親方が許すはずもない。また怒鳴られるだろう。

ところが親方の態度は全く違っていた。

「なに、月に一度くらい美濃屋に行きたいだと。いいじゃないか。どうだ、うまくいっているのか?」

「はあ、おじょうさんからはこれからもずっと来てほしいといわれています。」

「そうかそうか、そんなに頼りにされているのか。口下手で不愛想なおまえとしては上出来じゃないか。なに、仕事のほうはどうにでもなる。おれにまかせておけ。」

「はあ、ありがとうございます。」

「ところで、美濃屋のだんなさんにはもうお話はしたのか?」

「だんなさんにはまだですが、おかみさんにはお話しました。」

「そうか、おかみさんは何と言っているんだい。」

「おかみさんには、娘のことをよろしく頼むといわれました。」

「おうおう、そいつはめでたい。おかみさんにそう言ってもらうというのは大切なことだ。だがな、こういうことはきちんと筋を通さないといけない。時期がきたらな、だんなさんにはおれからも話しておこう。」

「はあ、ありがとうございます。」

「ところでおじょうさんとはどこに出かけているんだ?」

「でかける? あっ、薬師堂でお参りをしています。」

「おう、寺参りか。それはいいことだ。信心深いことは何よりだ。寺のまわりにはうまいものを食わせる店もあるだろう。何でもな、おじょうさんの言うとおりにしてやるんだぞ。」

「いえ、店などは一つも……」

「とにかくめでたいことだ。うまくやるんだぞ。」

(六)

美濃屋さんからの帰り道に意地悪な子どもたちやおせっかいなおばあさんにあってから、みよはしばらくの間元気がなかった。みよには自分がなぜあのようなことを言われなければならないのかよくわからなかったが、ただとてもいやだったし、とても悲しかった。どこか遠くへ消えてしまいたいような気持ちになった。
そんな時みよはゆいおねえさんのやさしい声を思い出した。
《ゆいおねえさんの声を聞きたい。今すぐにでもゆいおねえさんの家に行って楽しく遊びたい。》
みよはそう思ったが、そんな気持ちを誰にも話すことができなかった。

みよの家、藤田屋はこの地域でも有名な菓子の老舗である。この地域には大きな寺もいくつかあり、また茶会なども盛んだが、藤田屋の菓子はその席でも欠かせないものとなっていた。藤田屋の三代目ののれんを守るのが、みよの祖父にあたる甚兵衛、その息子でみよの父にあたるのが辰吉だ。たきはきもの問屋の娘だったが、辰吉にみそめられ藤田屋に嫁に来た。


甚兵衛はある夜、辰吉とたきを部屋に呼んだ。甚兵衛の表情は険しかった。

甚兵衛はたきに詰問するように強い口調で言った。

「たきさん、実はな、たきさんがみよを連れてどこかへ出かけているようだと聞いたのだが、それは本当か？」

たきはここ数日、おおだんなさまが不機嫌なことに気づいていた。おおだんなさまに呼ばれたときも、もしやと思ったが、おおだんなさまの不機嫌の原因はやはりみよのことにあるようだった。

「はい、月に一度ほどですが、美濃屋さんというお宅にみよを連れて出かけております。」

「そうか、出かけているのは本当なんだな。たきさん、わたしはみよをあまり外に連れ出すなと言っておいたはずだが。」

「おおだんなさま、申し訳ありません。月に一度ほどで、みよがとても楽しそうにしているものですから……」

「月に一度でも、出かけていることに変わりはあるまい。その美濃屋には何をしに行っているんだ？」

「はい、ゆいさんというおじょうさんがいらして、みよにいろいろなことを教えてくれています。」

「なんだ、その美濃屋というのは寺子屋か？」

「いいえ、美濃屋さんは紙問屋さんです。そのおじょうさんがみよのことをとてもかわいがってくださって、いろいろなことを教えてくれています。」

「読み書きを習っているのか？　みよは目が見えないから読み書きはできないだろう。それとも書物の暗唱でもさせているのか？」

「いいえ、そのようなことはしておりません。みよが楽しく遊べるようにいろいろ工夫してくださって、楽しい時をすごしております。」

「ただ遊んでいるだけなのか？　何かを習っているわけではないのか？」

甚兵衛はあきれたように言った。

「はあ。」

「ただ遊ぶだけのためにわざわざ遠くまで出かけて行くなど、じつにばかげている。美濃屋へはもう二度と行ってはならん。」

「おおだんなさま、それは……」

「みよに必要なことは、わたしが教えると以前に言ったはずだ。そうだ、そろそろ書物の暗唱をさせよう。みよは賢い子だ、きっと何でも覚えられるぞ。」

今まで黙っていた辰吉が思いつめたように言った。

「おとうさま、わたしはたきがみよを連れて出かけていくのを知っておりました。たきはわたしにも気をつかって何も話しませんでしたが、みよが楽しそうにしている様子を見て、わたしはうれしく思っていました。」

「なんだと。辰吉、おまえも気づいていたのか？」

「はい。」

「それならなぜたきさんにきちんと言わなかったんだ。

たきさん、あんたは辰吉にも相談しないで、勝手にみよを連れ出していたのか？」

「申し訳ありません。」

「全くお前たちは何を考えているんだ。話にならん。」

甚兵衛の怒りは頂点に達しつつあった。

辰吉が何とか父の怒りを納めようとして言った。

「おとうさまの許しを得ずにみよを連れ出したこと、本当に申し訳ありませんでした。このことはわたしも承知していたことですので、たきだけの責任ではありません。ただ、みよは美濃屋さんに行くようになってから、とても明るくなり、よく笑うようになりました。自分からいろいろなことを話すようになりました。わたしはみよは美濃屋さんに行くようになって本当によかったと思っています。おとうさま、どうかこれからもみよを美濃屋さんに行かせてやってください。お願いします。」

「だんなさま。」

辰吉の言葉を聞いてたきは思わず声を上げた。だんなさまはこんなにもみよのことを考えてくれている。たきは気ばかりつかってきちんとだんなさまに相談できなかった自分がとても恥ずかしく感じた。

「何を言うか。たきさんが勝手にやっていることと思っていたが、おまえまでそんな考え違いをしているのか。全く情けない。」

甚兵衛は吐き捨てるようにそう言ってから、たきにまた強い調子で言った。

「たきさん、この二、三日、みよは元気がないようだが、美濃屋から帰ってきてからのことではないのか？」

「は、あれは……」

「何かあったのだな。」

「いえ、美濃屋さんではとても楽しくすごせたのですが……、その帰り道でつらいことがありました。」

「なにがあったんだ？」

「帰り道でいたずらな子どもたちに会いまして、目が見えないんだろうとからかわれました。」

「なんだと、とんでもないがきどもだ。こんどそのがきどもをみつけたらここへつれてきなさい。わたしが懲らしめてやる。」

「それから見知らぬおばあさんに声をかけられて、目が見えなくてかわいそうねと何度も言われて、みよはとてもつらかったようです。」

「なんだと、余計なおせっかいをするばあさんだ。歳をとるとひがみっぽくなってな、人のことをなんだかんだと言うやつがいるんだ。本当にけしからんばあさんだ。たきさん、わかったか。世間にはそういうやつもいっぱいいるんだ。みよを外に連れ出せば、みよがつらい思いをする。もう二度とみよを連れ出してはならん。美濃屋などに行くことは、絶対に許さんぞ。」

その時、障子の向こうでがたんと音がした。

たきが障子を開けると、何とみよがそこに座りこんでいた。

「まあ、みよ。どうしたのですか、こんなところで。もう寝たのではなかったのですか。」

「おかあさま……」

みよは泣いていた。みよの目からは大粒の涙がこぼれ落ちていた。

その様子を見て甚兵衛が言った。

「おお、みよ。つらかったことを思い出したのだな。かわいそうに。もう大丈夫だ。悪い奴らはおじいさんが懲らしめてやるからな。」

「おじいさま。」

みよは甚兵衛のほうを向いて言った。

「わたしはゆいおねえさんのところに行きたい。ゆいおねえさんのところに行かせてください。」

甚兵衛はみよを諭すように言った。

「みよ、さぞつらかったろう。外に出ればまたつらいことがある。もう二度とみよにはつらい思いはさせないからな。」

「でも、でも、みよは、ゆいおねえさんのところに行きたい。みよをゆいおねえさんのところに行かせてください。」

みよはしゃくりあげながら何度も訴えた。

甚兵衛はみよの訴えに戸惑いを隠すことができなかった。みよは今まで本当にいい子だった。言われたことにはいつも小さな声で《はい》と答えていた。自分の気持ちをこんなに訴えたことなど今まであっただろうか。

そんなみよをみて、たきはみよの体を強く抱きしめた。たきの目からも大粒の涙がこぼれ落ちていた。

「ああ、わかった、わかった。きょうのところはここまでにしよう。もう夜もおそい。たきさん、はやくみよを寝かしつけてやりなさい。」

＊＊＊

その日の夜、みよを寝かしつけた後、辰吉はたきに言った。

「たき、きょうはすまなかった。つらい思いをさせてしまった。いや、きょうだけではないのだな。今までずっとつらい思いをしてきたんだな。わたしは、店の忙しさにかまけて、たきやみよのことをしっかりとみてやることができなかった。」

「だんなさま、そんなことはありません。きょうはわたしも取り乱してしまい、申し訳ありませんでした。」

「それにしても、みよは強くなったな。自分の気持ちをしっかりと言えるようになった。」

「実はわたしも驚きました。あのようにはっきりと言うとは思ってもおりませんでした。」

「父にはわたしから改めて話しておく。父は気が短くて一度言い出すときかないところがある。すまないが、わかってくれるか？」

「とんでもありません。おおだんなさまがみよのことを深く考えてくださっていることは、十分わかっております。」

「確かに世の中にはいろいろな人がいる。みよもこれからつらいこともたくさんあるだろうな。つらい思いをして、それを乗り越えてだんだん強くなっていくのか？　だが、子どもがそんな思いをしなければいけないというのは、あまりにふびんだな。」

「はい、それを思うとあまりに切なく感じられます。」

「そうだな、みよは大丈夫か？」

「みよはまだ小さくて、やっといろいろなことがわかりかけてきたばかりだと思います。これからいろいろなことがわかってくると、みよも自分の目が見えないということを受け止めていかなければなりません。つらいこともあるかと思いますが、美濃屋のおじょうさんのようにみよのことをあたたかく見守ってくれる方もいます。みよはしっかりとした子です。

きっと大丈夫です。そうお祈りいたしましょう。」

　たきの目からまた一粒涙がこぼれ落ちた。

＊＊＊

　それから数日後、たきは甚兵衛に声をかけられた。

「たきさん、今度みよと一緒に美濃屋さんに出かけるときには、わたしに声をかけてもらえないか？」

「はあ。」

「美濃屋さんにはずいぶんお世話になっているようだから、何かお礼をしなければいけない。うちは菓子屋だ。たいそうなものだと美濃屋さんも恐縮されるだろうが、菓子くらいなら受け取ってもらえるだろう。お茶会にお出ししている最高の菓子をいくつかみつくろうから、出かけるときにはわたしに声をかけなさい。」

「おおだんなさま、ありがとうございます。みよもきっと、きっとよろこぶと思います。」

「たきさん、わたしもな、この先そんなに長くはないんだ。いまみよに嫌われるようなことがあったら、それこそ閻魔様に怒られて地獄に突き落とされてしまうわ。おお、怖い、怖い。かわいい孫娘を泣かせるようなじじいは、どんなに慈悲深いお地蔵さんでも救ってはくださらない。わたしもな、みよの笑顔を見ていたいんじゃ。たきさん、たのむぞ。」

（七）

信吉は美濃屋へ向かう街道を歩いているとき、ふと青紫の点のようなものを視界に認め足を止めた。それは見頃となったききょうの花だった。

街道沿いの小さな寺の庭に、ききょうが植えられていた。信吉はその青紫の色に心を奪われじっと見入った。瑠璃色の空を星型に切り取ったように、すっと伸びた茎の先で凛と咲くききょうの花。その清楚な姿はどこまでもすがすがしいものだった。

信吉はすでに開いている花の近くに、五弁の花びらをお互いにぴったりとつけて、風船のように膨らんだつぼみを見つけた。このつぼみはあとどれくらいで開くのだろうか？　花を開いて青紫の星となり、この小さな庭をいろどるのはいつのことだろうか？

信吉の心の中で、ききょうの花の姿が青空を見上げてじっと祈るゆいの姿と重なった。

《おじょうさんの好きな花？　一番好きな花は薬師堂の枝垂れ桜の花だろうか？　もしかしたら二番目に好きな花はききょうの花かもしれないな。》

信吉はそんなことを思っていた。

＊＊＊

かよは箱の中にいれた小さな石や貝殻、まつぼっくりや何かの種などに触りながら、箱の中でころがしたり、少し持ち上げて落としたりして遊んでいた。かよが遊ぶものといったらこの箱くらいしかなかった。

かよは今年七歳になる女の子だ。三つのころにはやり病にかかり目が見えなくなってしまった。突然のことで周りの者もとても心配したが、一番驚いたのはかよ本人だったろう。見えなくなるまではよく動き回る子だった。まだあまりに小さくて、かよ自身にも何が起こったのかわからなかったのかもしれない。ただ、動けばぶつかる、歩けばつまずく、ころぶということに気づき、じっとしていることが多くなった。

母親のはるはこんなかよを見るにつけ心を痛めていた。一緒に遊ぶ友だちがほしかろうと思ったが、目が見えないのでは友だちと遊ぶこともできない。誰かに相談したいとも思ったが、同じような目の見えない子をもつ人など知る由もない。

ある親しい人から、かよちゃんと遊ぶと病気がうつって目が見えなくなってしまうから一緒に遊ばないほうがいいと言っている親がいると聞いた。もう病気はすっかり治っているのに、目が見えなくなってしまっただけなのに、はるはそんな話を聞いて途方に暮れた。かよのことを人に話すこともできなくなった。
そんな時だった。藤田屋のたきという人から使いの者を通して手紙が届いた。
《自分の娘は目が見えないのですが、美濃屋さんのゆいさんというおじょうさんにいろいろ教えてもらうようになってから、とても明るくすごせるようになりました。もしよかったら一緒に美濃屋さんに行きませんか？》
はるはこの手紙を読んで一筋の光を見たような気がした。かよのために何とかしなければと思えば思うほど、行き場のない思いに焦りを募らせていた。目が見えなければこれもできないだろう、あれもできないだろうと、はる自身が袋小路にはまってしまい、そこを抜けだせずにいた。同じ目の見えない子同士なら、一緒に遊べるかもしれない。同じ目の見えない子をもつ親同士ならば、悩み事を話してもわかってもらえるかもしれない。

＊＊＊

たきとみよ、はるとかよの二組の親子は誘い合って一緒に美濃屋に行くことになった。

四人がはじめて会った時、たきは笑顔ではるに話しかけた。

「はるさん、すみませんね。無理して誘ってしまったみたいで。ご迷惑ではなかったですか？」

　はるも笑顔でこたえた。

「とんでもありません。こちらこそ、声をかけていただいてありがとうございます。かよのために何かしてやりたいとは思いながら、どうしていいのかわからず悩んでいました。きょうはとても楽しみです。」

「美濃屋さんのゆいさんはまだ若いおじょうさんなんですが、子どものことをいろいろ考えてくださっています。きっと楽しいですよ。

　みよ、きょうは新しいお友だちができましたね。ごあいさつしなさい。」

　みよはゆいおねえさんのところへ行かれるというので朝からご機嫌だった。さらに同い年くらいの女の子が一緒に行くことになったと聞いて、とてもうれしかった。

　みよは母に促されて元気にあいさつをした。

「こんにちは、みよです。よろしくお願いします。」

　みよはぺこりと頭を下げた。はるはみよのしっかりとした様子を見て驚いて言った。

「まあ、きちんとごあいさつができるのですね。みよちゃんはおいくつ？」

「八つです。」

「まあ、うちのかよは七つになります。みよちゃんより一つ下の妹ね。かよ、あなたもごあいさつしましょうね。」

母に促されたものの、かよは恥ずかしかったのか隠れるように母の後ろに回って何も言えなかった。

「まあ、すみません。最近あまり外に出ることがなかったものだから。」

たきが励ますようにやさしく声をかけた。

「きょうが初めてですものね、心配はいりませんよ。実は、みよも今はこんなにうれしそうにしていますが、初めて美濃屋さんを訪ねた時は不安でいっぱいで、なかなか足が前に出なかったんですよ。かよちゃん、ゆっくり行きましょうね。」

「かよちゃん、手をつないでもいい？」

みよはそう言って自分の右手を前に出した。

かよも手を出そうとしたが恥ずかしくて手を少し動かしただけだった。はるはそんなかよの様子を見て、そっとかよの手をとり、差し出されたみよの手に重ねた。

みよはかよの手を両手で軽く包み込むように握った。

「あっ、かよちゃんの手、とってもあったかい。」

かよはみよのそのことばを聞いて、にっこりとして言った。

「本当？」

かよが初めて言ったことばだった。

「本当だよ。かよちゃんの手、とってもあったかいよ。」

かよは小さな声で「うん。」と言った。

「かよちゃん、ゆいおねえさんはね、とってもやさしいから大丈夫だよ。きょうは何をしようかな？　まりのころがしっこをして、智恵の板で遊んで、そうだ、ゆいおねえさん、きょうはどんなおはなしをしてくれるかな？」

「おはなし？」

「うん。ゆいおねえさんはね、おはなしがとても上手なんだよ。聞いているとね、わくわく、どきどきしちゃうんだ。」

「かよも聞きたい。」

かよは母にねだるように言った。

「それは楽しみね。さあ、ゆっくり行きましょう。」

はるはあいさつはできなかったもののかよが少し話をしだしたのでとても安心した様子だった。

＊＊＊

四人が美濃屋につくと、ゆいの母のさよがあたたかく迎え入れた。

かよは母の後ろに隠れるようにして家に入っていった。

「まあ、みよちゃん、こんにちは。きょうは新しいお友だちも一緒なのね。いらっしゃい、楽しく遊んでいってね。」

かよは母の後ろに隠れたままで、あいさつができなかった。

そんなかよの様子をみてみよが元気に言った。

「お友だちのかよちゃんです。わたしより一つ下の七つです。よろしくお願いします。」

「まあ、すみません。みよちゃん、ありがとう。かよ、あなたもちゃんとごあいさつしなさい。」

母にそう言われても、かよはまだもじもじして何も言えなかった。

「いいんですよ、おかあさん。きょう初めてですものね、ちょっと恥ずかしいのよね。大丈夫ですよ、どうぞ、どうぞ。」

さよはそう言って、ゆいと信吉の待つ部屋に四人を案内した。

きょうから子どもが二人になる。それでもゆいには不安はなかった。きょうも信吉さんが来てくれていたからである。
《困ったことがあったら信吉さんが助けてくれるかもしれない。わからないことは後で信吉さんに聞いてみよう。信吉さん、きょうもよろしくお願いします。》
ゆいは心の中でそんなことを思っていた。こんなに信吉さんに甘えてはいけないと思いながらも、信吉さんがそばにいてくれるという安心感はゆいにとってはかけがえのないものだった。

ゆいはかよに声をかけた。

「こんにちは、きょうはよく来てくれましたね。ありがとう。わたしはゆいといいます。みよちゃんは、ゆいおねえさんと呼んでくれます。それからこちらは信吉おにいさん。みんなが遊ぶものを作ってくださるの。それから一緒に遊んでくださるの。ね、信吉おにいさん。」

信吉はゆいにそう紹介されて照れくさそうに言った。

「はあ、信吉です。よろしくお願いします。」

最初、かよは男の人がいたことに驚いたようだったが、信吉の声がとてもやさしく感じられたので安心したような表情を浮かべた。

「ゆいおねえさん、みよとかよちゃんは名前が似ているでしょう。だからまちがえないでくださいね。」

「そうね、でもおねえさんはあわてんぼうだから、まちがえてしまうかもしれませんね。もしまちがえてしまったらごめんなさいね、えーと、えーと、かよちゃん。」

ゆいは少し大げさにかよの名前を呼んだ。これを聞いてみよもかよも笑いだした。そばで聞いていた二人の母親もほほ笑んだ。

かよが少しもじもじしながらも、しっかりとした声で言った。

「かよです。よろしくお願いします。」

これを聞くと隣のみよが大きく拍手をした。ゆいと信吉とたきも大きく拍手をした。かよの母のはるも、うれしそうに、でも控えめに拍手をした。はるの表情には娘がちゃんとあいさつができたという安堵感がにじんでいた。

はじめに鈴が入ったまりのころがしっこをした。はじめはゆいとみよとかよの三人で、それから信吉も入って四人でころがしっこをした。

ゆいが、「みよちゃん、いくよー。」と声をかける。

すると、みよが元気な声で「はーい、こっちだよー。」と言いながら、両手を広げてまりを受け取る姿勢をする。

こんどはみよが、「信吉おにいさん、いくよー。」と言うと、信吉が少しとぼけた声で「ほーい、こっちだほーい。」と言う。

これにはみんな大笑いだ。

まりを受け取った信吉が、「かよちゃん、いくよー。」と言った。

ゆいはかよの後ろに回って、まりを受け取るときの両手を広げる姿勢を、背後からかよの手を軽くとって教えた。

かよも大きな声で「はーい。こっちでーす。」と言った。

かよは信吉がころがしたまりを受け止めると、大きな声で「やったー。」とさけんだ。今度はみよとかよの二人だけでまりのころがしっこをした。お互いに声をかけ合いながら、自分の場所を相手に伝えたり、両手を広げてまりを受け取ったりした。二人は何度も繰り返して遊んだ。その様子を見てゆいがうれしそうに言った。

「二人だけでとても楽しそうに遊んでいて、わたしたちはもういらないみたいですね。」

信吉もほほ笑みながら大きくうなずいた。

みよの母のたきが言った。

「そうですね。子ども同士で遊べるって、本当にいいですね。みよも今までこういう経験をしたことがなくて、とてもうれしそうです。でも、ゆいさん。こうして子どもが遊べるようになったのは、ゆいさんのおかげです。まりで遊ぶなんて、目が見えなければ無理だろうと思っていました。お互いに声をかけ合って自分の場所を知らせたり、両手を広げてまりを受け取るようにすれば、子ども同士でもできるのですね。このような機会を作っていただいて、本当にありがとうございます。」

「いいえ、わたしなどはなにも……」

かよの母のはるも言った。

「かよがあんなに生き生きと遊んでいる姿を初めてみたような気がします。かよは誰かに会ってもいつも何も言わないで、ずっとうつむいてばかりいるので、おかしな子だとかかわいげのない子だとか言われていました。この子がこんなに元気な声を出すなんて、信じられない思いです。」

はるはそっと目頭を押さえた。

みよがゆいおねえさんのところで楽しみにしていることの一つに、ゆいおねえさんのおはなしを聞くことがある。

ゆいはいくつかの草双紙を用意していた。草双紙は絵とひらがなの文字のはいった昔話などの絵本である。ゆいは文字だけではなく絵にえがかれた内容も交えて、読み聞かせた。

ゆいはおはなしを読むのがとても上手だった。もともとやわらかみのある声で聞きやすいということもあるが、人物や場面の様子によって声色を変えてみたり、物音や動物の鳴き声なども上手にまねたりして、聞いている人を物語の世界に引き込んだ。ただゆい自身はそんなことに気づいてはおらず、上手に読もうと努力しているわけでもない。ゆい自身が物語を読むのを楽しんでいる、その楽しさが周りに自然に伝わってくるのだった。

きょうは、《はなさかじいさん》のおはなしだった。かよも来るというので、ゆいは二つのかごに小さくちぎった紙をたくさん入れたものを用意していた。

「それでは枯れ木に花を咲かせましょう。みよちゃん、灰をいっぱいまいてね。」

ゆいはそう言うと、みよの横に行ってみよの手を軽くとり、紙を上に投げ上げる動作を教えた。みよの手の動きは最初ぎこちなかったが、何回か練習するうちに腕を大きく振って投げ上げられるようになった。

みよはかごの中の小さな紙きれを、

「枯れ木に花を咲かせましょう。ほーれ、ほーれ。」と言いながら思い切りまき散らした。上のほうに投げ上げた紙きれは自分の髪の毛にも降ってきた。

「きゃあ、灰をかぶっちゃったよー。」

みよは大はしゃぎだった。

「さあ、かよちゃんも枯れ木に花を咲かせましょう。かごの中の灰を思い切りまいてね。」

かよはこう声をかけられたが、もじもじしてどうしていいかわからない様子だった。

ゆいはかよにやさしく声をかけた。

「この灰をまくとね、きっときれいな花がたくさん咲くよ。おねえさんと一緒にやってみようか？」

かよは少し困ったように、「でも……、この紙をまいたらお部屋が散らかるでしょう。お部屋を散らかすとおかあさまにおこられるから……」と言った。

かよのこの言葉をきいて、母のはるは思わず、「まあ！」と声を上げてしまった。

自分がいつもかよのことをしかっているみたいで、恥ずかしくて顔が上げられなかった。

ゆいはそんなかよにやさしく語りかけた。

「かよちゃんは、おかたづけが上手なんだね、えらいね。でも、きょうの灰はね、ちょっと不思議な灰なのよ。まくとね、きれいなお花になっちゃう灰なの。きれいな花がいっぱい咲いたら、かよちゃんのおかあさんもきっと喜んでくれると思うよ。ね、かよちゃんのおかあさん。」

突然ゆいに声をかけられてはるは少し慌てた様子だったが、気をとりなおしてかよに声をかけた。

「かよ、おかあさんもきれいなお花がみたいな。がんばって。」

かよは母の言葉を聞いて安心したのか、大きな声で、「枯れ木に花を咲かせましょう。ほーれ」と言って、ゆいと一緒に紙きれを投げ上げた。

「ほーれ。」

「ほーれ。」

みよとかよは大はしゃぎで紙をまき散らした。

するとゆいは、「きれいなお花がいっぱい咲いたみたいですよ。」と言って、折り紙で作った花を畳にならべた。

みよはその折り紙の花に触って、「あっ、このお花、この前来た時にゆいおねえさんと一緒に作ったお花だよね。」

「そうよ。みよちゃんが上手に作ってくれたお花よ。」

みよはゆいおねえさんにそう言ってもらってとてもうれしかった。ゆいおねえさんに折り方を教えてもらって作ったお花が、お話の中で出てくるなんて思ってもいなかった。

かよもその折り紙の花に触って、「このお花、とてもきれい。かよにも、このお花、作れる？」とゆいに聞いた。

「うん、簡単よ。今度、一緒に作ってみようね。」

ゆいがそう言うとかよはうれしそうに、「うん。」と大きくうなずいた。

「わあ、三人で作れば、お花、いっぱいできるね。」

みよも本当にうれしそうだった。


遊びが終わって帰りがけに、かよの母のはるがゆいに声をかけた。

「ゆいさん、きょうは本当にありがとうございました。かよはなかなか新しいところには慣れないのですが、きょうはすぐに元気に話ができるようになって驚いています。ゆいさんと信吉さんがとてもやさしく子どもたちに接してくれているからだと思います。またみよちゃんと一緒に来てもいいですか？」

「まあ、どうぞ、ぜひいらしてください。みよちゃんも喜ぶと思います。」

「ゆいさんと信吉さんは息がぴったりとあっていて、とてもいいですね。今度来た時も、またお二人でお願いします。」

「えっ。」

ゆいは何と答えていいのかわからなかった。

＊＊＊

子どもたちが帰った後、ゆいが信吉に声をかけた。

「信吉さん、お忙しいところ来ていただいてありがとうございました。あの、帰りがけにかよちゃんのおかあさんが言っていたこと、すみませんでした。わたしが信吉さんに頼ってばかりいるから、あのように見られてしまうのですね。」

「はあ……。」

「信吉さん、怒っていませんか？」

「いえ、そんなことは……。」

「実を言うと、わたしはちょっとうれしかったの。二人の息がぴったり合っているなんて、まさかそんなふうに見られているとは思ってもいなかったから。」

実は信吉もうれしい気持ちは同じだったのだが、あまりに気恥ずかしくてそれを言葉にするわけにもいかず、とりあえず少し話題を変えようとしてゆいに話しかけた。

「おじょうさん、おじょうさんはおはなしの読み聞かせが本当に上手ですね。わたしもおじょうさんのおはなしについ聞き入ってしまいました。それに、子どもたちにいろいろな体の動きを教えながらおはなしを進めるというのも、すばらしいと思います。」

「本当ですか？　わたし、おはなしの読み聞かせが上手なんて言われたことがないので……、とてもうれしいです。それに、ただすわって聞いているだけよりも、おはなしの中に出てくる人になっていろいろな動きをしていた方が楽しいかなっと思って……」

「そうですね。あと、おじょうさんは、紙を上に投げ上げる動作を、子どもの手をとって教えていました。目が見えないと人の動きを見てまねすることがむずかしいので、基本的な体の動きもていねいに教えることが大切だと思います。おじょうさんはそれをとても自然にやっていました。」

「まあ、言われてみれば確かにそのとおりですね。わたしは理由など考えずに、時々手をとって一緒にやっていただけですのに。」

「子どもにとっては、それが一番いいのかもしれません。きっと、何かをやらされているというのではなく、自然に一緒にやる中でいろいろな動きを覚えていかれるでしょう。ところでおじょうさん、まりの中に入っている鈴ですが、まだほかにもありますか？」

「はい、わたしは小さいころから鈴が大好きで、いろいろな鈴を集めていました。ちょっと待ってください。」

ゆいはそう言うと奥の部屋から紙の箱を持ってきた。箱の中には大小さまざまな鈴が入っていた。

「おじょうさん、きょうは小さな木の箱を持ってきました。この中に鈴を入れてみてもいいですか？」

「まあ、きれいな箱ですね。どうぞ、この鈴はいかがですか？」

ゆいはそう言って小さな鈴を信吉に渡した。信吉はその鈴を箱に入れ、ふたを閉めて軽く振ってみた。

「まあ、なんてきれいな音なんでしょう。木の箱に入れるとこんなにすてきな音がするのですね。」

「おじょうさん、この木の箱は小さいので、同じものをいくつか作ることができます。この中にいろいろな鈴を入れておけば、音探しや音合わせの遊びができそうですね。」

「まあ、そんな箱を作っていただけるのですか？　みよちゃんもかよちゃんも本当に喜ぶと思います。二人とも音に対してはとても敏感で、少しの音の違いもよく聞き分けます。二人が箱を振っていろいろな音を出しながら、楽しく遊ぶ様子が目に浮かぶようです。」

（八）

百日紅（さるすべり）の花が咲き、毎日暑い日が続くようになった。

その年の夏は例年になく暑さが厳しかった。雨の降らない日が何日も続き、太陽は毎日のように大地を熱し続けた。

みよとかよはそんな暑さをものともせず元気に美濃屋にやってきた。

ゆいも、子どもたちがいる間はいつもと変わらず元気にしていたが、子どもたちが帰るとさすがにつらかったようで、息も荒くすわっているのもしんどそうだった。

信吉は心配になり、ゆいに声をかけた。

「おじょうさん、どこかお体の具合でも悪いのではありませんか？　暑い間だけでも、子どもたちの遊びをお休みにしてもいいのではありませんか？」

「信吉さん、ご心配をおかけしてすみません。でも、みよちゃんもかよちゃんもここに来るのを楽しみにしてくれているでしょう。子どもっていいですね。暑くても元気に遊んでいて。わたしももっとしっかりしないといけないですね。」

「子どもは子どもです。おじょうさんが無理をして体をこわしてしまったら、それこそ大変です。」

「わたしは大丈夫です。それにね。」

　ゆいは少し恥ずかしそうに言った。

「子どもと遊ぶのをお休みしてしまったら、信吉さんもここへは来てくださらないでしょう。」

「おじょうさん……」

「わたし、信吉さんとお会いしたいのです。用もないのに信吉さんをお呼びしたら、信吉さんの親方さんに本当にわがままな娘だと思われてしまうかもしれないし。信吉さんもお仕事が忙しいでしょうからご迷惑はかけられないし……」

「おじょうさん、親方にはもうちゃんと話してあります。月に一度でなくとももっと行っていいと言われています。」

「まあ、本当ですか？　でも、ただお会いしたいというのではだめですよね。」

「それなら、お寺にお参りに行くということにしてはいかがでしょうか？　親方は信心深い方なのできっと許してくれると思います。もちろん大きなお寺でなくとも、いつもお参りしている薬師堂でもかまいません。」

「ありがとうございます。遠くの大きなお寺というのはちょっと大変かもしれません。わたしね、信吉さんと一緒に薬師堂にお参りできるのが一番うれしいのです。信吉さんとお会いするまでは、ずっと一人でお参りしていたでしょう。お参りは一人でするものと思っていたのですけれど、わたし、信吉さんとお参りするようになってやっとわかったんです。一人でお参りしているときはとても寂しかったし、信吉さんとお参りするのがとても楽しいんだなって。あっ、お参りが楽しいなんて言ったらお薬師様に怒られますね。

信吉さん。わたし、もっと元気になって、信吉さんにもご迷惑のかからないようにがんばります。」

ゆいはそう言ってほほ笑んだ。

信吉は自分のことをこんなにも頼りにしてくれているゆいのことがいとおしくてならなかった。

《おじょうさん、わたしは口下手でうまく言えないが、心からおじょうさんと一緒にいたいと思っている。いや、一緒にいたいという思いは、わたしのほうが何倍も強い。》

その日、ゆいはつらそうにしながらも、少しだけ薬師堂にお参りに行きたいと言いだした。外はまだ暑かったので、信吉はお参りはまた今度にしてすぐに横になったほうがいいのではと言った。だが、ゆいはお参りをすれば元気になるからと言ってきかなかった。二人はほんの少しだけということで、薬師堂に出かけることにした。

母のさよは二人が出かけるのを止めはしなかった。ただ、不安そうな面持ちで二人の後姿を見送った。

薬師堂への道の途中に、こんもりと萩が咲いているところがあった。まだまだ暑さは厳しかったが、萩の花が少しずつ咲き始めていた。

「信吉さん、萩の花って、一つ一つはとても小さいでしょう。こんなに小さな花がたくさん集まって、一本の枝を小さな花で埋めて、その枝が何本も集まってこんもりとした姿になるのですね。萩の花って、本当にいとおしいですね。」

季節は確実に秋に向かっていた。


薬師堂につくとゆいはいつものようにじっとお薬師様に手を合わせた。信吉はふとゆいの横顔を見た。ゆいの顔は青白く、血の気がなかった。ゆいの瞳から涙がこぼれ落ちていた。そしてゆいの体がぐらっと揺れた。

信吉はとっさにゆいの体を抱きとめた。ゆいはしばらく信吉の腕の中で目を閉じていたが、少しして、「ごめんなさい。」と、か細い声で言った。

信吉はゆいの体を抱きしめたまま、ゆっくりと長椅子にゆいを座らせた。

信吉は何も言わなかった。じっと、じっとゆいを抱きしめていた。

どれくらい時間がたっただろうか？　ゆいはかすれた声で言った。

「信吉さん、ありがとうございます。なぜだかとても寒かったの。でも、今はとてもあたたかい。信吉さんの腕の中にいると、とてもあたたかいの。」

「おじょうさん、わたしはずっとおじょうさんのそばにいます。お薬師様も、枝垂れ桜の木も、瑠璃色の青空も、ずっとおじょうさんを見守っています。大丈夫ですよ。」

ゆいは信吉の顔を見上げ、小さくうなずいた。


さよは店に戻ってきたゆいの手に触れて大変驚いた。すごい熱だった。ゆいはすぐに床に横になった。

「申し訳ありません。わたしがおじょうさんを連れ出してしまったばかりにこんなことになって……」

「いいえ、信吉さん。どうか気になさらないでください。ゆいは自分が望んでお薬師様に行ったのです。信吉さんのせいではありません。ゆいはきっと大丈夫です。元気になりましたらお知らせします。どうかご心配のないように。」

さよはつとめて平静を装いながら話した。

信吉は自分が全く無力であることを悟った。ただただ、ゆいの回復を祈って帰るしかなかった。

さよは信吉が帰るのを見届けると、すぐに父の幸助を呼ぶとともに、使いを医者のもとに走らせた。

＊＊＊

「さよ、ゆいの様子はどうだ？」

父の幸助は、血の気が失せ透き通るように白くなった娘の顔を見つめながら言った。

「先ほどまでは息が苦しそうでしたが、今は少し落ち着いています。季節の変わり目は体をこわすことが多いのですが、今年の夏は特に暑さが厳しかったので、それがこたえたのだと思います。」

「十四の時にも熱が何日も下がらないことがあったが、あのときと同じようか？」

「はい、今は熱が大変高くなっています。この熱がこれから何日続くことか。早く下がってくれればいいのですが……」

「あの時は胸も苦しそうだったな。」

「はい、さきほどまで咳が止まりませんでしたが、今は落ち着いています。」

「ゆいは大丈夫か？」

「お医者様から熱さましの煎じ薬をいただきました。あとはゆいの回復する力を信じるしかありません。」

「十四の時はよく持ちこたえて回復してくれた。そうか……、完全に治ったわけではなかったのかもしれないな。」

「わたしには病のことはよくわかりません。お医者様も様子を見るしかないと言っています。ただ……、その不安を一番感じていたのは、ゆい自身だと思います。」

「やはりそうか。」

「ゆいはきっと、またいつあのように苦しい病におそわれるかという不安をいつも抱えながら毎日過ごしていたのだと思います。それでもゆいはいつも笑顔でいようとしていました。今自分ができることを精一杯しようとがんばっていました。ゆいはしっかりとした子です。ゆいを信じましょう。そして祈りましょう。」

さよの目からはとめどもなく涙がこぼれ落ちた。幸助は言葉を失い、ずっと病の不安と向き合ってきた娘の顔を見つめるばかりだった。

＊＊＊

信吉がゆいの母のさよからの手紙を受け取ったのは、それから十日ほどしてからのことである。

《娘は快方に向かっています。少しずつですが、食事もとれるようになりました。たいへんご心配をおかけいたしました。》

信吉はこの手紙を読み、胸の奥から熱いものがこみ上げてくるのをおさえることができなかった。ただただ、よかったという思いでいっぱいだった。

《おじょうさんはいつか、うれしい時も涙が止まらないと言っていた。わたしの今の涙はおじょうさんと同じうれし涙だな。》

（九）

菊の花が見ごろとなり、木々の葉は黄色や紅の衣をまとうようになった。本格的な寒い季節を迎える前のひとときの彩り。いちょうの金色ともみじの紅、常緑樹の緑と澄み渡った空の青。

《信吉さん、ご心配をおかけして申し訳ありませんでした。もうすっかり元気になりました。子どもの遊びのことでご相談したいことがありますので、よろしかったらお店にいらしてください。》

信吉がゆいからこのような手紙を受け取ったのは、町がすっかり秋色に染まりだしたころのことである。紫色の斑点をつけたホトトギスの花が、日差しをさけるように木の陰で風に揺れていた。

信吉は美濃屋へ向かう街道で一本のもみじの木に目を奪われた。そのもみじの葉は、紅ではなくどちらかと言えば金色に近い色に染まっていた。

《このような色に染まるもみじもあるのか？》

信吉は新しい光の色を見つけたような、幸せな気持ちになった。

信吉が抱えている風呂敷包みの中では、木の箱同士が触れ合って、カタコト、カタコトとやさしい音楽を奏でている。それは鈴を入れるための小さな箱だった。そして、信吉はもう一つ、風呂敷包みを持っていた。大事に大事に、しっかりと抱きしめるように持っていた。


美濃屋につくと、ゆいはいつもの笑顔で信吉を迎えた。

「信吉さん、ご心配をおかけして本当にすみませんでした。もうすっかりよくなって、食事も普通にとれるようになりました。」

「おじょうさん……」

信吉はゆいの顔をじっと見つめた。よかった、またこの笑顔にあえてよかった、信吉の胸の中に熱いものがこみ上げてきた。

「どうかしましたか？」

信吉にじっと見つめられて、ゆいは恥ずかしそうに言った。

「いえ、すみません。でも、本当によかったです。」

「わたしね、閻魔様に嫌われているのかなって思うんです。あちらの世界へ行く橋のたもとまで行ったのですけれど、連れ戻されてしまったみたいなんです。それから、阿弥陀様がたくさんの菩薩様を連れてわたしをお迎えにいらしたのです。阿弥陀様はわたしが生き返りそうなのを見て、《なんだ、無駄足だったか》と言って帰ってしまったんです。何か、阿弥陀様に申し訳なく思いました。」

ゆいはにこやかにそんなことを言いだした。

「おじょうさん、どうかそんな冗談を言わないでください。わたしは……、わたしはずっと心配で……」

「まあ、信吉さん、ごめんなさい。つまらないことを言ってしまって。どうか、もう怒らないでくださいい。」

ゆいは信吉のこわばった顔を見て、本当に申し訳なさそうな表情を見せた。

「信吉さん、一つご相談したいことがあるのですけれど。」

「はい。」

「子どもたちがよくすごろくで遊んでいるでしょう。みよちゃんとかよちゃんもすごろくで遊べたら楽しいかなと思うのですけれど、どうしたらいいでしょうか？　紙の上でこまを進めていくというのもむずかしいし、さいころの目もわかりづらいでしょうし……」

信吉はしばらく考えてから言った。

「もとのさいころは小さいので、もう少し大きいさいころを木で作りましょう。目の数のところに少しくぼみをつけておけば、触って数えられると思います。」

「まあ、そんなさいころが作れるんですか？」

「はい。特製のさいころを作ります。それから、さいころを振るときには、少し大きめでふちのあるお盆のようなものの中で振るといいかなと思います。」

「お盆ならあると思いますが、どうしてですか？」

「見えていれば振ったさいころがどこにいったかはすぐにわかりますが、みよちゃんとかよちゃんはそれを手で触って探すことになります。お盆の中で振れば、さいころを探すときにお盆の中を探せばいいのでわかりやすいと思います。安心してさいころを振ることができるでしょう。」

「まあ、本当ですね。どうして気づかなかったのでしょう？　手で触って探すというのは大変ですものね。探す範囲がわかっていると安心ですね。」

「さいころを振って進むマスですが、これはどうしましょうか？　そうですね、たとえばマスを小さな紙の箱にしてつなげれば、マスを順番に進むことはできると思いますが。」

「そうですね、マスが箱になっていれば触って数えることができますね。そうだ、信吉さん。

わたし、いいことを思いつきました。それぞれのこまも、ちがう形のものにしたらどうでしょうか？　たとえば、丸いこまと三角のこま、四角のこまといったように。」

「おじょうさん、それはいいですね。そうすれば同じマスの中にあっても、自分のこまとほかの人のこまを触って簡単に区別できそうです。一回休みとかいうのも、触ってわかりやすい印をつけておくといいですね。」

「あと、宿場の名前はどうしましょうか？」

「そうですね……。みよちゃんとかよちゃんは、ものを覚えるのは得意ですか？」

「ええ、ものを覚えるのはとても得意だと思います。わたしが読んでいるお話なども、もう覚えてしまったものもあると思います。」

「それでは、少しずつでいいのですが、宿場の名前を全部覚えてしまいましょう。」

「えっ、江戸から京都まで全部ですか？」

「ただ意味もわからず覚えさせられるというのはつらいものですが、遊びの中でなら楽しく自然に覚えてしまうのではないでしょうか。もしかしたら、宿場の名前を覚えていたことが、大人になってひょんなことで役に立つかもしれません。」

「まあ、わたしはいつも目先のことしか考えられないのに、信吉さんはずっと先のことまで考えているんですね。」

「いえ、そんなことは……」

「信吉さんは、お仕事の関係でいろいろなところに行かれるのですか？」

「仕事で出かけるのはせいぜい近くの宿場町くらいです。もちろん京都など行ったこともありません。」

「わたしは小さいころから体が弱かったので、この町から出たことがないんです。どこかに出かけたいなどと思ったこともなかったのですけれど、信吉さんとこういうお話をしていると本当にどこかへ出かけたくなってしまいます。わたしね、もうすっかり元気になったので、これからはどこへでも出かけられそうな気がします。信吉さん、その時はわたしと一緒にでかけてくれますか？」

「もちろんです、ぜひお供させてください。」

「まあ、うれしい。」

ゆいは瞳を輝かせてそう言った。

「信吉さん、早いもので、もうすぐ年が明けてお正月になりますね。すごろくとか羽根つきとか、お正月らしい遊びというのはいいものですね。あっ、でも羽根つきはみよちゃんとかよちゃんにはむずかしいかな？」

「そうですね、羽根つきはかなりむずかしいかも……」

信吉は少し考えてから言った。

「そうだ、上のほうに打ち上げて遊ぶのがむずかしければ、下を転がせばいいですよね。羽子板で、おじょうさんが作った鈴入りのまりを転がして打ち合うというのはどうでしょう。」

「まあ、それはいい考えですね。みよちゃんもかよちゃんも負けん気が強いから、きっと思い切りやると思います。」


「おじょうさん、おじょうさんに見ていただきたいものがあります。」

信吉は風呂敷包みの中からいくつかの小さな箱を出した。

「まあ、鈴を入れる箱をこんなにたくさん作ってくださったんですか？　鈴を入れてみてもいいですか？」

ゆいはそう言うと、いろいろな鈴を順番に木の箱に入れて振ってみた。

「まあ、なんてきれいな音がするのでしょう。それに、鈴によってこんなに音が違うのですね。この鈴だとどんな音がするのかなって、何かわくわくしてきます。あっ、そうだ、信吉さん、鈴ではなくて、たとえばお米の粒とか小豆の粒とかを入れてもいいのですか？」

「それは楽しそうですね。さらさらとか、しゃりしゃりとか、ころころとか、いろいろな音を作って遊べそうですね。」

「みよちゃんもかよちゃんも音に敏感なので、この遊び、とても喜ぶと思います。二人が喜んで遊ぶ様子が目に浮かぶようです。」

「おじょうさん、実はもう一つ見ていただきたいものがあります。」

信吉はそう言うと、もう一つの風呂敷包みをゆいのほうへゆっくりと差し出した。

「まあ、何かしら?」

ゆいはそう言いながら風呂敷包みを解いた。中から桐で作られた文箱（ふばこ）が現れた。

「まあ、これは。」

ゆいは驚いたように、文箱をじっと見つめた。

「以前から、何か形のあるものをおじょうさんにおくりたいと思っていました。病も癒えておじょうさんもすっかり元気になられたようなので、そのお祝いということで文箱を作りました。どうか受け取ってください。」

ゆいは差し出された文箱をじっと見つめていた。

それは、塗りや装飾の施されていない素朴な文箱だった。だが、それだけに木肌の美しさが際立ち、木の香りがただよってくるようだった。

そしてふたには絵が描かれていた。ゆいは、その絵にくぎ付けになっていた。

小さなお堂、そのお堂を守るように立つ枝垂れ桜の木、そしてお堂に向かって祈りをささげる女の人の後姿。

ゆいはやっと視線を少し上げて信吉を見ながら言った。

「信吉さん、この絵は……」

「はい、わたしが描かせていただきました。絵は、あまりうまくはありません。」

「まあ、うまくないなんてとんでもありません。これは……、あの薬師堂ですね。枝垂れ桜の花が満開でとてもきれい……、このお祈りをしているのは……」

「はあ。」

「わたしですか？」

「はあ、うまく描けなくて申し訳ありません。」

「わたし、こんなにきれいですか？」

「えっ。」

「この人、後ろ姿ですけれど、たたずまいがとてもきれい。わたし、こんなに美しいたたずまい、できません。」

「そんな、おじょうさん。」

「でもこれがわたしなら、わたしはずっとこの文箱の中にいるのですね。ちょっと恥ずかしいような気もしますけれど、でもとてもうれしい。あの……」

ゆいは少し言いづらそうにうつむいた。

「どうかされましたか？」

「これは、わたし一人でお祈りをしているでしょう。でも今はお祈りをするときは信吉さんが隣にいてくださいます。だからこの絵にもわたしの隣に信吉さんがいてくれたらもっとうれしいのになって思って……」

「そんな、自分を描くなどできません。」

「でもわたしは二人のほうが……」

「おじょうさん、それは無理です。」

「わがままを言ってごめんなさい。でも、後ろ姿でもいいですから、いつか二人が並んでいるところを描いてくださいね。ずっと先のことでもいいから、約束してくださいね。」

信吉は返す言葉がなかった。


「わたしは信吉さんにお願いすることばかりで……、毎月のように来ていただいたり、子どもが遊ぶものを作っていただいたり、いろいろ教えていただいたり……、信吉さんにいつもこんなによくしていただいてばかりで、わたしがお返しできるものが一つもありません。その上にこのようなりっぱな文箱までいただいて、申し訳なくて、申し訳なくて……」

「いいえ、おじょうさん。わたしはおじょうさんから、本当に大切なことをいつも教えていただいています。」

「えっ。」

「おじょうさんが、みよちゃんやかよちゃんと遊ぶ時のあのやさしいまなざし。おじょうさんは、子どもたちと遊びながら、何よりも子どもたちの気持ちを、子どもたちの笑顔を大切にしている。そのために一生懸命いろいろなことを考えて、しっかりと準備をしている、そのお姿にいつも心を打たれています。」

「まあ、そんな。せっかく遠くから来ていただいているので、楽しい時間を過ごしてもらえたらなって。帰るときに笑顔になっていただければなって、そう願っているだけです。」

「それから、お薬師様にお参りしているとき、枝垂れ桜の木に祈っているとき、青空を見上げているときのおじょうさんの姿は、とてもすがすがしく感じられます。おじょうさんと一緒に青空を見上げて、わたしは初めて青空の美しさを知ったように思います。どこまでも広がる青い空の美しさをおじょうさんはわたしに教えてくださいました。」

「まあ、そんなこと……」

「おじょうさん、きょうもとてもよい天気です。お薬師様にお供いたします。行きましょうか？」

「はい。」

ゆいは大きくうなずいた。ゆいの目から大粒の涙がこぼれ落ちていた。《信吉さんがそばにいてくれる》、その涙はいつかゆいの母が言っていたうれし涙だった。

（十）

その年の冬は例年にもまして寒さが厳しかった。このあたりは海にも近く冬でも比較的暖かい地域だが、乾燥した北風が吹き荒れ、寒空に雪が舞うことが何度もあった。

そんな寒い中でも、季節は確実に春に向かっていた。このあたりは寺の多いところだが、どんな小さな寺にも数本の梅の木が植えられている。まだまだ寒い中、凛として咲く梅のたたずまいとその甘い香りは、もうすぐ暖かい季節が来ることをわたしたちに知らせてくれている。

みよとかよが来る日、天気は良かったが寒さは一段と厳しかった。

信吉がいつものように早目に美濃屋を訪ねた時に見たゆいの顔は、雪のように白く血の気が全く感じられなかった。信吉は心配になってゆいに声をかけた。

「おじょうさん、どこか具合でも悪いのではないですか？」

「ごめんなさい、ご心配をおかけしてしまって。このところずっと寒い日が続いて、少し調子を崩していました。でも、もう大丈夫です。きょうはみよちゃんとかよちゃんが来る日だし、こうして信吉さんも来てくださったので、すっかり元気になりました。」

ゆいはにっこりとほほ笑んでそう言ったが、声はかすれ力がなく、時々うつむいてつらそうにしている様子が痛々しかった。

しばらくしてみよとかよがやってきた。二人は寒くても元気いっぱいだった。

みよの母のたきが言った。

「このところずっと寒かったので、きょうはお伺いするのもどうしようかと思っていたのですが、みよが絶対に行くと言ってきかないものですから。」

それを聞いてかよの母のはるも言った。

「そうですか。実はうちも同じなんですよ。こちらにお伺いする日をずっと心待ちにしていまして、雨でも雪でも行こうねなんて言うんですよ。」

それを聞いてゆいは嬉しそうに言った。

「まあ、ありがとうございます。みよちゃん、かよちゃん。きょうも楽しく遊びましょうね。」

ゆいの声を聞いて信吉はびっくりした。ゆいの声はさきほどまでの弱々しくか細い感じは全くなく、いつものように明るく伸びやかな声だった。

《おじょうさんは元気になったのか、いや、そんなことはない。おじょうさん、そんなに無理をしてはいけない。》

信吉は心の中でそう叫んだ。
その日、信吉はいつもの倍くらい動き回った。いつもの倍くらい話した。お話の読み聞かせのところも、ゆいが少し読み始めると「それじゃ、ここからはおにいさんが読むからね。」と言って、続きをほとんど読んだ。
《断りもせずにこんなに勝手にやってしまったら、あとでおじょうさんにおこられるだろうか？》
信吉は心の中でそう思いながらも、いつもと変わりなくふるまおうとするゆいの様子を見て、少しでも負担を軽くしたいと考えたのだった。

＊＊＊

遊びが終わって子どもたちが帰った後、ゆいが信吉に話しかけた。

「信吉さん、きょうはたくさん助けていただいてありがとうございます。わたしのためにがんばってくださったんですよね。わたしがこんなに弱いばっかりに、信吉さんにご迷惑ばかりかけてしまって、本当に申し訳ありません。」

ゆいの声は子どもたちがいた時とは打って変わって、またか細く弱々しいものになっていた。

「おじょうさん、とんでもありません。おじょうさんに相談もせずに出過ぎたことをしてしまいました。どうか無理をせずに、ゆっくりと休んでください。」

「信吉さん、ありがとうございます。でも、少しだけでいいので、お薬師様にお参りに行きたいの。一緒に行ってくれますか？」

「えっ、お薬師様に？　外はまだとても寒いです。お参りはもう少し暖かくなってからでも……」

「いいえ、こんなに寒い日にも、子どもたちにも会えて、信吉さんにも会えて、こんなに幸せなのですもの。お薬師様と枝垂れ桜の木と青空に、お礼を言いに行きたいの。ね、いいでしょう、ほんの少しだけ。」

ゆいは涙声で言った。

信吉は数か月前、まだ暑さが厳しくゆいが体をこわしていたときのことを思い出した。あの時もゆいは少しだけお薬師様に行きたいと言い、自分はそれを断り切れずにおじょうさんを連れ出してしまった。そのあとおじょうさんは高い熱が続き、生死の境をさまようような苦しみを味わった。信吉自身も自分の軽はずみな行動を深く後悔し、大変苦しんだ。

信吉は何としてもこの寒い中におじょうさんを外に出すことはできないと思った。

「おじょうさん、それでは、おかあさまに聞いてみましょう。わたしが聞いてまいります。」

信吉はゆいの母のさよならゆいが外に出るのを止めてくれるだろうし、ゆいも母に言われればきっと従うだろうと思った。

「おくさま、おじょうさんが薬師堂に行きたいと言っています。外はまだ寒いのできょうはやめたほうがいいと思います。どうかおじょうさんにお話してください。」

「えっ、ゆいが、薬師堂に？」

さよは驚いてそう言ったが、しばらく考え込むようにした後、ゆっくりと信吉に語りかけた。

「そうですか……。ゆいがそう言うのなら、ゆいの言うようにしてあげたいと思います。信吉さん、すみませんが、ほんの少しだけ、ゆいと薬師堂に行っていただけませんか？」

「えっ！　そんな。」

信吉は予期せぬ言葉をきき、思わず声をあげてしまった。

「申し訳ありません。お願いします。」

さよの表情に迷いは全く感じられなかった。信吉は、母と娘の間に他人には決して触れることのできない強いきずながあることを感じた。

「わかりました、おくさま。気をつけて行ってまいります。できるだけ早く戻ります。」

＊　＊　＊

ゆいと信吉は薬師堂に向かってゆっくりと歩きだした。

「信吉さん、おかあさまは何と言ったのですか?」

「少しだけなら行ってもいいとおっしゃいました。お参りをしたらすぐに戻るように言われました。」

「そうですか、よかった。」

ゆいはほっとしたようにほほ笑んだ。

「信吉さん、すみませんが、信吉さんの手をとらせていただいてもいいですか?」

ゆいはそう言うと、そっと自分の手を信吉のほうに伸ばした。

「申し訳ありません、気づかずに。」

信吉はゆいの手にそっと触れた。ゆいの手はとてもあたたかかった。いや、あたたかかったのではない、熱かったのだ。

「おじょうさん、熱があるのでは?」

「大丈夫です。でも、手をしっかりと握っていてくれますか?」

信吉はゆいの手をしっかりと握りしめた。

「信吉さんの手はとても大きくて、あたたかいですね。こうしていると本当に安心できて……、うれしくて……」

薬師堂につくと、ゆいはそっと信吉の手をはなし、両手を合わせてお薬師様にお参りをした。それから少し横を向いて枝垂れ桜の木に祈った。

空気は冷たかったが風は穏やかで、見上げれば深い青色をたたえた空がどこまでも広がっていた。

信吉は青空を見上げたゆいの横顔を見つめた。少しやつれてはいたが、ゆいはやさしくほほ笑んでいた。その笑顔はいつにもまして美しかった。

ゆいは枝垂れ桜の木に近づき、その枝を見ながら信吉に言った。

「信吉さん、見てください。枝垂れ桜のつぼみも少しずつ膨らんできたでしょう。まだまだ寒いのですけれど、もうすっかり季節は春ですよね。今度来るときはきっと枝垂れ桜の花が見られますね。信吉さん、信吉さんとお会いしてもう一年になるのですね。何かこの一年間、とても早く過ぎてしまったような気がします。枝垂れ桜の木も、一つ歳をとったのですね。わたしももうお正月が過ぎたので、十七になってしまいました。このままどんどん時が過ぎてしまったら、次は十八になって……、もうお嫁になど行かれなくなってしまいますね。」

《おじょうさんは、時の流れをどのように感じているのだろうか?》

信吉はふとそんなことを思った。一年に一度花を咲かせ、年輪を重ねて行く枝垂れ桜の木。季節の移ろいとともに、年を刻んでいく人々。それらすべてを包み込み、いつまでも変わることのない悠久の青空。瑠璃の空に抱かれて、一瞬一瞬のきらめきが永遠の輝きに連なっていく。

「信吉さん、いまお薬師様にありがとうございますとお礼を言いました。こんな寒い日にもみよちゃんもかよちゃんも元気に来てくれて、信吉さんにもお会いできて、楽しい時を過ごすことができて、本当にわたし幸せです。それからきょうは、お薬師様にお願いもしたんです。暖かくなったらもっと元気になってがんばりますから、わたしの肩を少しだけ押してくださいってお願いしたんです。

あの、こんなこと聞いてはいけないのですけれど……、信吉さんはどんなことをお願いしたのですか?」

「はあ、わたしは、これからもずっと少しでもおじょうさんの力になれますようにとお願いしました。」

「まあ、それって……」

「そうです。一年前と同じです。ことばにしてしまうと一年前と同じなのですが、その思いは一年前とは全く違います。そしてこれからも、満開の枝垂れ桜のもとでお祈りするおじょうさんの姿をずっと見ていられますようにとお願いしました。」

ゆいはお参りをして少し気持ちが楽になったのか、いつもの明るい表情を取り戻していた。

二人は美濃屋に向かって帰り道を歩いた。

「信吉さん、すみませんが、少しだけ手を取らせていただいてもいいですか？」

ゆいはそう言って、信吉のほうに手を差し伸べた。

「おじょうさん、また具合が悪いですか？」

「えっ、あっ、もう大丈夫です。」

ゆいは恥ずかしそうに信吉のほうに差し出した手を引っ込めた。

「おじょうさん、おじょうさんの手を取らせてください。一緒に行きましょう。」

信吉はそう言ってゆいの手をやさしく握りしめた。

《薬師堂に行ってよかった。おじょうさんが元気になってよかった。》
美濃屋からの帰り道、信吉は同じことばを何度も心の中で繰り返した。

（十一）

それから二十日ほどしてのことである。

信吉はゆいの母のさよからの手紙を受け取った。

《薬師堂の枝垂れ桜も美しく咲きました。娘が信吉さんと一緒に枝垂れ桜の花を見たいと

言っています。ぜひいらしてください。》

信吉はゆいに文箱をおくった時のことを思い出した。ゆいは文箱の絵を見て、なぜわたし一人なのですか？　なぜ信吉さんは隣にいないのですか?と言った。あの時は自分の姿など絵に描けるわけがないと言ってしまったが、一年たち、やっと二人で並んで枝垂れ桜の花を見ることができる日が来た。

枝垂れ桜の花に見守られながら、二人で並んでお薬師様にお祈りができる。それはおじょうさんが心から望んでいたことではなかったか？　その日が来ることを今か今かと待ちわびていたことではなかったか。その思いは信吉も全く同じだった。

信吉は手紙を受け取り、胸の高鳴りをおさえることができなかった。

《おじょうさん、よかった。本当によかった。》

信吉の心はゆいへのいとおしい思いで満たされていた。

＊　＊　＊

信吉はすぐに美濃屋に向かった。一刻も早くゆいに会い、薬師堂に行って二人で並んで枝垂れ桜の花を見たかった。信吉の手には、ゆいと手をつないだ時の柔らかなぬくもりがしっかりと残っていた。

《元気なのに手を取りましょうなどと言ったら、おじょうさんはどんな顔をするだろう？　いや、恥ずかしがりながらもそっと手を差し出してくれるかもしれない。そうしたら、その手をずっと離さないでいよう。》

　信吉が美濃屋につくと母のさよが迎えた。

「すみません。今支度をしてきますので、しばらくお待ちください。」

　信吉はおやっと思った。いつもなら奥からゆいがすぐに出てきて、明るい声で迎えるはずなのに、きょうはここで待てという。信吉は何かいつもと違う雰囲気を感じ、えもいわれぬ不安に襲われた。


　しばらくして、母に肩を抱かれるようにしておぼつかない足取りのゆいが姿を見せた。

「おじょうさん、これは……」

　信吉は思わず声をあげた。

「ゆい、ここに座れますか？」

　母に声をかけられてゆいは小さくうなずいた。さよは土間から一段上がったところにゆいを座らせ、はきものをはかせた。

「ゆい、信吉さんが来てくださいました。薬師堂の枝垂れ桜がきれいに咲いていています。さあ、二人で薬師堂までいってらっしゃい。」

さよはゆいの肩をささえながらそっと語りかけた。

ゆいが少し顔を上げた。信吉を見上げてかすかにほほ笑んだように見えた。ゆいの顔は透き通るように青白くはかなげだった。

「おくさま、おじょうさんは……」

「はい、ゆいはここ何日か、ずっと床にふせっておりました。

ゆいに薬師堂の枝垂れ桜が咲きだしたというと、ゆいは、《信吉さんと枝垂れ桜を見に行きたい》と言いました。それでお手紙を差し上げました。

信吉さん、どうか娘の願いをかなえてやってください。お願いします。」

「でも、この様子で外に出るのは……」

その時だ。うつむいていたゆいが顔を上げて信吉を見つめながら言った。

「信吉さん、お願いします。」

ゆいのそのことばを聞いて、一番驚いたのは母のさよだった。きょうのゆいは朝から意識がはっきりとせず、名前を呼んでもただ苦しそうにしているばかりだった。とても話ができようとは思えなかった。

「ゆい……、大丈夫?」

「はい。」

ゆいはかすれた声で答えた。

「立てますか？」

「はい。」

ゆいは母に支えられながら腰を上げた。

信吉は自分にできることはたった一つしかないことを悟った。もう少しも躊躇している時間のないことを悟った。

「おくさま、おじょうさんを背負わせていただいてもよろしいですか？」

「申し訳ありません、お願いします。」

さよがか細い声で言った。

「おじょうさん、失礼します。」

信吉はそう言ってゆいを背負うと、

「それでは行ってまいります。」と言って美濃屋を出た。

＊　＊　＊

信吉はゆいを背負って薬師堂までの道を急いだ。

「おじょうさん、もうすぐです。がんばってください。」

ゆいの体は背負っていてもそれを感じさせないくらい軽かった。あとどれくらいの時間が残されているのか？　ゆい自身が意識をつなぎとめることができるのは、あとどれくらいか？

薬師堂に着くと枝垂れ桜の前で信吉はゆいに語りかけた。

「おじょうさん、きょう、枝垂れ桜の花が満開です。青空もとてもきれいです。ちょうど一年前と全く同じです。」

ゆいは少し顔を上げた。そしてかすれた声で言った。

「信吉さん、お椅子に……」

「大丈夫ですか？」

「はい。」

信吉はいつも二人で並んで座る長椅子にゆいを座らせ、肩をしっかりと抱きしめた。

「信吉さん、ありがとうございます。」

ゆいは信吉の顔を見上げながら言った。

「こうして並んでいると、信吉さんのお顔を見ることができるでしょう。ずっと信吉さんのお顔を見ていたいの。

わたし、お薬師様にお願いしていたんです……」

ゆいはそこまで言うと、急に苦しそうに体を何度か震わせた。

「おじょうさん、無理に話をしては……」

体の震えが収まると、ゆいは静かに言った。

「大丈夫です。お薬師様に、信吉さんと二人で、青空のもと、枝垂れ桜の花が見られますようにって、お願いしたんです。お薬師様はちゃんと願いをかなえてくださいました。でも、本当は来年も、再来年も、ずっと見られますようにってお願いしたんです。そんなわがままを言ってはいけないですよね。一年前、ここでお参りをしていたわたしを見かけて、信吉さんはきれいと言ってくれたでしょう。わたし、いまもきれいですか？」

「一年前もきれいでしたが、今のほうがずっと、ずっと美しいです。」

「まあ、うれしい。信吉さん、もうすぐお別れですね。でも、こうしているとそんな気が全然しなくて、ずっとずっと一緒にいられるような気がして。信吉さん、何かとても寒いの、とてもさびしいの、とても怖いの。このまま抱いていてくださいね。わたし、とても幸せなの。こうして信吉さんに抱いていてもらえるのだから。信吉さん、ありがとうございます。今日も笑顔でいられました。」

ゆいはいまにも消えそうな意識を必死でつなぎとめ、信吉を見上げてほほ笑んだ。そして静かに目を閉じた。

＊＊＊

「信吉さん、どうかこれを見てください。」

　さよが信吉にそう言いながら差し出したのは、信吉がゆいにおくった文箱だった。

「おくさま……、開けてもよろしいですか？」

「はい、どうぞ見てやってください。」

　文箱にはたくさんの紙が納められていたが、書いてある文字はみな同じだった。

《信吉さん、ありがとうございます。今日も笑顔でいられました。》

「おくさま、これは……」

「ゆいはこれを一日の終わりに、毎日書いていたのだと思います。信吉さんのことを思いながら、一日を笑顔で過ごせたことに心から感謝していたのだと思います。」

「そんな……、いままでおじょうさんはあんなにつらい思いをされてきたのに……、どうして感謝などと……」

「信吉さんとお会いする以前から、ゆいは一人でお薬師様にお参りに行っていました。出かけるときはいつも、《お薬師様にお礼を言ってくる》と言っていました。ゆいはお薬師様に《病気を治してください》とお願いしたことは一度もなかったと思います。病気はあっても一日を無事に過ごせるよう見守ってくださったお薬師様に感謝していたのだと思います。」

「そんな……、きっとつらい日のほうが多かったでしょうに……。そして枝垂れ桜の木と青空にもお祈りしていたのですね……」

「枝垂れ桜の木は、ゆいをやさしくそっと包んでくれていました。それがゆいにはとてもうれしかったのでしょう。ゆいは何よりも青空が好きでした。どこにいても、どんな時も、青空はわたしたちを見守ってくれています。ゆいは時々青空を見上げて涙をためていました。悲しいからでもなく、うれしいからでもなく、自然と涙がこみ上げてくるようでした。そう、ゆいはよく涙を流す子で、うれしい時も大泣きをするんです。信吉さんを困らせてはいませんでしたか？」

「いえ、そんなことは……」

「そしてゆいは見つけたんです。お薬師様よりも、枝垂れ桜の木よりも、青空よりも、もっとずっと大切な人を見つけたんです。」

「えっ。」

「信吉さん、それはあなたです。《自分が知らないことをたくさん教えてくれて、こうしたほうがいいということははっきりと言ってくれて、信吉さんにはいつも感謝しています。》と、ゆいは言っていました。そういえば、ゆいは信吉さんにずいぶんあまえていましたね。信吉さん、ご迷惑ではなかったですか？」

「おじょうさんがあまえるなど、とんでもありません。もっともっと何でも言ってくださればよかったのに……」

「ゆいは心のどこかで、人にあまえてはいけないとずっと思っていたのだと思います。でも、信吉さんにはけっこうあまえていましたよ。ゆいのそういう様子を見たのは初めてだったのです。ゆいは素直にあまえられる人を見つけたんだなと思いました。わたしはそんなゆいを見て、とてもうれしかったんです。お薬師様のように、枝垂れ桜の木のように、青空のように、そっと包み込んでいつもやさしく見守ってくれる信吉さんに出会えたゆいは、きっとこの一年間とても幸せだったと思います。ゆいは、この一年間で永遠を生きたのだと思います。信吉さん、ありがとうございました。」

ゆいがいつも見上げていた青空。
《ありがとうございます》と言いながら見上げていた青空。
涙をためながら見上げていた青空。
みよちゃんもかよちゃんも、そのおかあさんたちも、ゆいと触れ合い、みんな笑顔になった。

つらいことはあっても、それを乗り越える勇気を、ゆいと過ごす時間の中でみんな感じることができた。

わたしもゆいと過ごす時間の中で自分を取り戻すことができた。ともすれば閉じこもりがちなわたしの心をやさしく包んでくれたのは、ゆいの笑顔だった。

青空を見上げれば、ゆいはいつもそこにいる。

ゆいの笑顔はいつもそこにある。

工藤　伸一（くどう　しんいち）

1955年、神奈川県川崎市に生まれる。

宮城教育大学卒業。筑波大学大学院修士課程修了後、特別支援学校に勤務した。現在、神奈川県平塚市在住。

著書：『いつか、上高地でフルートを』（風詠社刊　2018）

枝垂れ桜と瑠璃（るり）の空

2018年8月8日　第1刷発行

著　者　工藤伸一
発行人　大杉　剛
発行所　株式会社 風詠社
〒553-0001　大阪市福島区海老江5-2-2
大拓ビル5-7階
TEL 06（6136）8657　http://fueisha.com/
発売元　株式会社 星雲社
〒112-0005 東京都文京区水道1-3-30
TEL 03（3868）3275
印刷・製本　シナノ印刷株式会社

ISBN978-4-434-24791-0 C0093